NOUVELLES.

IV.

On trouve chez le même libraire :

Contes par Mad. de Montolieu ; 3 vol. in-12,   6 fr.

Petits romans et contes choisis d'Aug. Lafontaine ,
   tr. de l'allemand ; 4 vol. in-12 ,   8 fr.

Le Château de Bothwell ou l'héritier ; 3 volumes
   in-12 ,   6 fr.

La Lettre brulée ou le Château de Melworth , tr. de
   l'anglais ; 3 vol. in-12 ,   7 fr. 50 c.

La Veuve Angloise ou la Retraite de Lesley Wood ;
   2 vol. in-12 ,   5 fr.

Lothaire et Malher , tr. de l'all.^d ; 1 vol. in-12 , 2 fr.

Les trois nouvelles, tr. de l'all.^d ; 2 vol. in-12, 4 fr.

Caliste ou Lettres écrites de Lausanne par Mad. de
   Charrière ; 2 vol. in-12. ,   3 fr.

Germaine ; 1 vol.   1 fr 50 c.

Felicie et Florestine ; 3 vol. in-12 ,   7 fr. 50 c.

Ellen Percy ou leçons de l'adversité , tr. de l'angl. ;
   3 vol. in-12 ,   7 fr. 50 c.

Promenades champêtres , tr. de l'angl. de Ch.^{te}
   Smith ; 3 vol. in-12 ,   6 fr.

DE L'IMPRIMERIE DE J. J. PASCHOUD.

NOUVELLES.

PAR

Mme CAROLINE PICHLER.

AUTEUR D'AGATHOCLÈS, etc.

TRADUITES DE L'ALLEMAND.

TOME IV.

PARIS,

J. J. PASCHOUD, lib., rue de Seine, n.º 48.

GENÈVE,

Même maison de Commerce.

MDCCC XXI.

NOUVELLES.

PAR
Mme CAROLINE PICHLER.

L'HOSPICE DE PYHRN.

LA tardive matinée d'hiver s'élève lentement du sommet des Alpes; déjà les objets les plus rapprochés se dégagent de l'épais brouillard dont ils étoient enveloppés ; une clarté douteuse se répand sur tout l'horizon. Ma lampe, fidèle compagne de mes insomnies, pâlit et s'é-

teint à l'approche de la lumière. Voilà
le jour d'hiver qui commence et tout
reste silencieux et morne, ainsi qu'au
milieu de la nuit ; point de mouvement dans les prairies, pas le moindre
bruit dans les cabanes des bergers,
plus d'occupations champêtres dans
les Alpes abandonnées, le plus profond silence règne sur la nature et
dans les murs du cloître où je languis.
Le cri seul de l'oiseau de mort pé-
nètre jusqu'à moi, et je pense avec
calme et tranquillité à ce qu'il m'an-
nonce. Ah ! je ne crains point de
mourir, entouré de toutes les in-
firmités de la vieillesse. Que la volonté du ciel s'accomplisse ! ces maux
sont la suite naturelle du cours de la
nature, et je les supporte comme le
froid hiver de ces rudes climats où

je n'ai point reçu la vie, et où je
ne croyois pas possible de pouvoir subsister. Quelle erreur étoit
la mienne ! l'homme s'accoutume à
tout. Il est étonnant, jusqu'à quel
point on peut insensiblement s'ha-
bituer à ce qui étoit diamétralement
opposé à toutes nos idées, à toutes
nos sensations de bonheur, et lorsqu'on parvient au terme de cette
singulière carrière, on regarde autour de soi, sans comprendre qu'on
ait pu véritablement en venir là.

O ma patrie ! Espagne adorée !
où sont ces palmiers, ces orangers
fleuris, ce ciel toujours serein, cet
athmosphère embaumé, cet air vi-
vifiant et doux ? O temps heureux de
ma jeunesse ! lorsque l'ardeur des
combats et de la gloire, m'attira sous

les drapeaux du duc d'Albe, et me fit abandonner ma patrie pour combattre les infidèles jusqu'aux limites de l'occident. Le Duc, à l'aurore de sa gloire, n'étoit point encore ce célèbre, ce redoutable Général de Philippe II, qui, lui-même encore enfant, connoissoit à peine le nom des pays des deux hémisphères, que son vaillant père devoit lui laisser un jour.

De longues années se sont écoulées depuis le temps, où brillant de force et de jeunesse, j'habitois le pays enchanteur où je reçus le jour, jusqu'à celui où j'existe maintenant, accablé par l'âge, entouré d'arides rochers, dont les ardeurs de l'été peuvent à peine fondre les neiges et les glaces éternelles. Hélas ! jadis,

lorsque transporté dans ces durs
climats , tourmenté par la douleur
de mes profondes blessures , et plus
encore , par la perte des belles
illusions auxquelles j'avois déjà sa-
sacrifié quelques années de ma jeunesse , je ne supportois qu'avec im-
patience la rigueur de ma malheureuse destinée ; mais la main conso-
lante du Très-Haut vint à mon aide ;
mes blessures guérirent peu à peu ,
et mon cœur s'accoutuma à ne trouver
que vers le ciel ce qu'il avoit vainement cherché sur la terre. Une créature angélique, qui fut ici long-temps
avant moi la proie de la souffrance ,
me montra le chemin de la guérison;
je reconnus le doigt du Créateur ,
qui, détournant nos pensées des peines
et des jouissances fragiles de cet uni-

vers, les repose sur le bonheur inal-
térable d'un saint avenir.

C'est ainsi, qu'après avoir appris
à me soumettre, je commençai peu
à peu à trouver mon sort moins terrible, et à le regarder enfin comme
un port assuré, qui mettoit mes
jours à l'abri de plus d'un orage ; je
jetai mes regards sur ma vie passée ;
elle étoit pleine d'honneur, quoique sans célébrité, utile, malgré
qu'elle n'eût point attiré l'attention ;
je ne pus résister au désir de mettre
sur ce papier mes travaux, mes
souffrances et mes malheurs. Après
avoir habité quarante ans, l'étroite
enceinte de ces murs, il est vraisemblable que ma vie est prête à
s'éteindre ; mais si ces feuilles peuvent un jour parvenir en Espagne, si

la Providence permet qu'elles soient lues par les miens, ils apprendront par là, dans quel coin reculé du monde, un parent oublié depuis long-temps a terminé ses jours, et ce qu'est devenu le neveu du Comtour de Pennalosa, qui jadis combattit avec quelque gloire devant Vienne et devant Pavie, et contribua de sa part aux succès qui rétablirent la domination de ses deux empereurs, Carlos et Fernand.

L'empereur Maximilien, ayant réuni l'Espagne à l'Autriche, par le mariage de son fils Philippe avec l'infante-Jeanne, cet événement rapprocha les deux nations, non-seulement par les liens politiques ; mais encore par d'autres non moins forts. Plusieurs gentils-

hommes Allemands , qui avoient
suivi leur maître dans ses nouveaux
États , s'allièrent avec des familles
Espagnoles, tandis que les fils de ces
dernières, séduits par la modestie et
les yeux bleus des jeunes beautés
du nord , qui avoient suivi leurs
parens, les conduisèrent au milieu de
leurs nobles maisons.

Une de ces alliances fut aussi con-
tractée par mon père , qui épousa
une jeune Allemande , dont la famille étoit au service de l'archiduc
Philippe. Les aïeux de ma mère, de
la maison des Losenstein , avoient
jadis été puissans en Autriche; leurs
nombreuses possessions s'étendoient
jusqu'aux montagnes voisines des
Alpes de la Styrie; c'étoit là , qu'au
ilieu des rochers, s'élevoient les an-

tiques tourelles de leur château, qui dominoit sur son riche territoire ; mais des événemens malheureux , des guerres, et plus encore un esprit inquiet et belliqueux, affoiblirent insensiblement leur pouvoir : ils perdirent leurs possessions les unes après les autres , et le château de Claus situé sur les bords du fleuve de la Styrie , fut enfin leur unique ressource ; cette dernière ne tarda pas à leur être encore enlevée , et les descendans des Losenstein , servoient alors à la cour des Habsbourg , qui jadis étoient leurs égaux en rang comme en puissance.

Ma mère se plaisoit à me faire tous les récits de sa famille , en filant sa quenouille dans les tranquilles soirées d'hiver, où, assis auprès d'elle,

B*

je l'écoutois avec l'attention la plus
soutenue ; quoiqu'encore enfant , la
description de ces rochers dont les
pointes s'élevoient majestueusement
dans les cieux, de ces montagnes couvertes de neiges éternelles , de ces
forêts , de ces fleuves , de ces châteaux forts , et le récit d'anciennes
traditions, d'histoires de spectres , de
valeureux Chevaliers et de Dames hé-
roïnes de vertu , me transportoient
d'une vive admiration, et me faisoit
soupirer après ce pays , dont la tranquille et sauvage nature m'attiroit à
lui par un charme invincible.

Plus tard , lorsque Charles I.er
monta sur le trône de Rome et
abandonna l'Allemagne à son frère
Fernand , celui-ci , par son mariage
avec Anne d'Hongrie, réunit ce pays,

ainsi que la Bohême, à la maison d'Autriche, qu'il rendit par là la plus puissante des deux hémisphères; bientôt
il eut à soutenir une guerre contre
les Turcs, pour défendre ses frontières, et la jeunesse Espagnole, ja-
louse de montrer sa valeur et de combattre pour sa croyance, accourut
avec ardeur se ranger sous les drapeaux du duc d'Albe, que le roi Charles envoyoit au secours de son frère,
en Allemagne et de là en Hongrie.

Le duc d'Albe étoit alors un jeune
guerrier plein de feu, qui s'arrachoit
des bras d'une épouse adorée qu'il
possédoit depuis peu, pour aller combattre les infidèles; la mort venoit
de m'enlever une mère chérie; j'avois
à peine connu mon père; ainsi nul
lien ne me retenant en Espagne, je

me rendis avec empressement à la voix de l'honneur et de la religion, qui m'appeloient auprès du duc d'Albe.

Nous traversâmes le beau pays de France et une grande partie de l'Allemagne. Je pourrois raconter beaucoup de choses des villes et des châteaux où nous nous arrêtâmes, de l'élégance des François, de la franchise des Allemands chez lesquels je retrouvois le caractère et la manière de penser de ma tendre mère; je pourrois parler de la magnificence de leurs palais et de leurs églises, de leur passion pour les belles armes, et leurs arsenaux qui sont les plus beaux que j'aie vus; mais tout cela n'appartient point à ces familles, et je poursuis mon récit.

Nous atteignîmes, sans aucun événement remarquable, les frontières de l'Autriche, en côtoyant les bords du beau fleuve du Danube; lorsque le Duc annonça qu'il se sépareroit de l'armée avec une partie de sa suite, pour se rendre à l'invitation d'un ancien ami, qui lui avoit envoyé un exprès jusqu'à Ratisbonne, pour le prier de le visiter dans une possession qu'il avoit nouvellement acquise dans les montagnes du château de Claus. J'avois à peine entendu ce nom révéré, que je priai instamment le Duc de me permettre de l'accompagner dans une contrée possédée jadis par mes aïeux, et dont ma mère m'avoit si souvent entretenu. Le Duc m'accorda volontiers ma demande, et notre troupe, après

avoir parcouru la route la plus agréable ; le pays le plus fertile , arriva
dans une vallée couverte de verdure et entourée de hautes montagnes.

Les rayons du soleil levant, se ré-
fléchissoient sur nos brillantes armures , les hennissemens de nos chevaux espagnols retentissoient dans
les airs, les habitans des cabanes voisines accouroient avec étonnement
pour voir ce beau cortège d'étrangers , dont les tailles hautes et ma-
jestueuses et l'éclat de leurs armures ,
éblouissoit au loin dans la vallée.
Mes compagnons, électrisés par la
beauté de la nature dans toute sa
pompe , et par l'espoir des fêtes qui
les attendoient au château , augmentoient encore par leurs entretiens

pleins de gaîté, l'agrément de cette joyeuse route.

Nous commençâmes à gravir la montagne qui devenoit toujours plus rapide ; elle étoit bordée, à droite d'une longue chaîne de rochers, à gauche d'un torrent écumeux, et tout-à-coup, sur une esplanade formée de rocs menaçans, s'offrit, à nos regards étonnés, un château d'une agréable architecture : Voilà le château de Claus, s'écria le Duc, en me le montrant de la pointe de son épée. Mon cœur battoit avec force à la vue de l'antique demeure de mes ancêtres, et j'étois ému en pensant à leur grandeur, à leur puissance et à l'instabilité des choses humaines. Je fus tiré de mes réflexions par l'arrivée du possesseur actuel, qui, entouré

de tous ses gens, venoit à la rencontre du Duc, pour lui former un
cortège ; malgré la politesse et l'air
de satisfaction avec lesquelles il le
reçut, je remarquai qu'il ne pouvoit
cacher entièrement l'embarras qu'il
éprouvoit en jetant les yeux sur la
suite de son illustre hôte , qui se
perdoit dans le chemin étroit de la
vallée , et se faisoit encore apercevoir au loin, par l'éclat de ses armes
et par ses panaches de diverses couleurs. Cependant, se remettant peu à
peu, il nous invita d'un air gracieux à le
suivre, et, se plaçant à la gauche du
Duc , dirigea le brillant cortège du
côté du château.

A peine fûmes nous arrivés , que
tout se mit en mouvement pour notre
réception, tandis que, de notre côté,

nous nous efforcions d'incommoder
le moins que possible ; cependant,
la partie nouvellement bâtie du château, ne pouvant contenir un si grand
nombre d'hôtes, les plus âgés et les
plus distingués par leur rang, furent
seuls reçus dans des chambres, et les
jeunes gens dûrent prendre leur parti
de coucher ensemble dans de grandes
salles, ou de se retirer dans la partie
abandonnée du vieux château, adossée
derrière l'élégant et moderne bâtiment.

Je fus de ce nombre, et ce qui
ne paroissoit pas plaire à mes compagnons, me combla de joie. Déjà,
depuis le milieu de la montagne,
j'avois remarqué le vieux château
ainsi qu'une petite chapelle isolée au
milieu de la forêt ; vraisemblable-

ment, me disois-je, c'est dans ces
murs abandonnés qu'ont vécu mes
ancêtres, et je me réjouissois d'un
arrangement qui me procuroit la
meilleure occasion de les examiner
à mon aise; mais, aussi long-temps
que le soleil fut sur l'horizon, il fut
impossible de penser à parcourir ces
lieux si sacrés pour moi; les plaisirs
de la table, des entretiens pleins de
gaîté, nous réunirent tous dans le
nouveau bâtiment assez tard, et la
nuit étoit déjà avancée, lorsque les
domestiques de la maison nous conduisirent chacun dans les appartemens qui nous étoient destinés. Mon
conducteur me fit traverser de longues
galeries, où l'écho qui répétoit au
loin le bruit de nos pas, me fit souvent tressaillir; trompé par la lumière

incertaine de notre flambeau , qui
servoit plus encore à nous montrer
les ténèbres qu'à les dissiper, et qui,
par le foible effet de clarté qu'elle
jetoit sur les objets , sembloit me
montrer çà et là des ombres errantes,
effrayées de voir interrompre leur
éternel repos , j'éprouvois un sentiment qui, pour quelqu'un qui se fût
senti étranger au milieu de ces voûtes,
eût ressemblé, sans doute , à de l'effroi ; mais pour moi, c'étoit avec confiance que je me fusse vu entouré
des ombres de mes aïeux , et je re-
grettois presque de ne pouvoir accorder ma raison avec les fantastiques désirs dont je me sentois
agité.

Après avoir parcouru des galeries,
des escaliers , des appartemens so-

liaires, mon conducteur s'arrêta devant une porte couverte d'antiques
sculptures, il l'ouvrit, me fit entrer
dans une vaste chambre à coucher,
dont la hauteur du plafond et tout
l'arrangement montroient à la fois
et la magnificence passée et l'aban-
don actuel. Mon conducteur, en me
montrant mon lit, me renouvela
les excuses qu'il m'avoit déjà faites,
et que je reçus d'autant plus volontiers, que sous l'immense ciel
qui le couvroit, j'avois déjà remarqué des draps blancs comme la neige,
un prie-dieu tout à côté, un crucifix
et de l'eau bénite ; le reste de l'a-
meublement consistoit en une table,
quelques chaises et plusieurs vieux
portraits rembrunis.

Après avoir congédié mon con-

ducteur et adressé au ciel mes prières devant le prie-dieu, témoin jadis
de la piété de mes ancêtres, je me
mis au lit, où, fatigué du mouvement et des diverses sensations de
cette journée ; je ne tardai point à
trouver un doux sommeil.

Je ne sais combien de temps j'a-
vois dormi, lorsque je m'éveillai
tout-à-coup en sursaut, au même
moment l'horloge de la tour sonna
minuit, et ma chambre me parut
éclairée d'une foible lueur. Un homme, revêtu d'un ancien costume de
chevalier, sortit du côté où mes ri-
deaux étoient entièrement fermés,
une lumière à la main, et sans s'embarrasser de moi le moins du monde,
se promena, en long et en large, à
pas lents, dans toute la chambre ;

bientôt il s'arrêta devant un portrait
suspendu à la tapisserie, et le con-
templa en soupirant profondément.
Je ne faisois aucun mouvement, et,
considérant tout ce que je voyois,
j'attendois la fin de cette singulière
scène. Cependant, comme, en y ré-
fléchissant, il me paroissoit extraordinaire, et même très-peu convenable,
qu'un habitant du château choisît
précisément ce temps pour venir
considérer un tableau, qu'il dépendoit de lui de voir toute la journée,
je me préparois à lui en exprimer
tout mon mécontentement, lorsqu'a-
près avoir poussé le plus douloureux
soupir, il se retourna, et me fit voir
un visage dont la couleur grisâtre,
les traits décharnés, les yeux enfon-
cés, et un je ne sais quoi d'extraor-

dinaire répandu sur toute sa personne, m'inspirèrent un sentiment
d'effroi, qui fit expirer la parole sur
mes lèvres. Un instant de réflexion
me fit sentir que si ce triste vieillard
venoit se livrer à un souvenir douloureux, sans vouloir être aperçu,
il seroit cruel de l'embarrasser par
ma présence inattendue; je gardai
donc le silence, et il s'éloigna lentement peu après, par le même côté
où il étoit entré. Mais cette singulière visite m'occupa long-temps encore après son départ, et plus j'y
pensois, et plus je me sentois saisi
d'un frémissement involontaire, qui
éloigna, pendant quelques heures,
le sommeil de mes yeux.

Le matin, aussitôt que je fus ré-
veillé, ma première idée fut de faire

des recherches qui pussent m'apprendre d'où cet homme pouvoit
être venu dans ma chambre, et qui
il étoit; car j'étois sûr qu'il ne faisoit
point partie des gens que j'avois vus
dans la journée au château. Je me
levai à la hâte, et je restai immobile,
en voyant que, du côté où cet homme
étoit entré, il n'y avoit absolument
aucune porte. Je tâtonnai dans toute
l'étendue de la muraille, pour chercher si je ne trouverois aucun ressort
secret, aucune entrée cachée, mais
je fus trompé dans mon attente; le
mur étoit entier et uni d'un bout à
l'autre; je m'éloignai, saisi d'un sentiment désagréable, et m'approchai
du portrait, objet des mystérieuses
contemplations; mais si ma première
occupation m'avoit inspiré une sorte

d'effroi, celle-ci me plongea dans un enchantement dont les suites n'ont été que trop funestes pour toute mon existence.

C'étoit le portrait d'une jeune femme, parée de tous les charmes de l'innocence : jamais rien de si beau, rien de si séduisant n'avoit paru à mes yeux, ni en réalité, ni en peinture, quoique j'eusse parcouru plusieurs pays de l'Europe à la suite de l'empereur Carlos, et vu tous les chefs-d'œuvre de l'art en Italie. Elle étoit vêtue de noir, et les ornemens de sa parure désignoient une personne du plus haut rang; ses cheveux blonds, partagés sur le front, s'échappoient en boucles sous son voile jusques sur ses épaules; ses grands yeux bleus étoient fixés vers le ciel avec l'expression de la plus profonde douleur, et ses belles lèvres, à demi-entr'ouvertes , paroissoient laisser échapper un soupir. Je ne pouvois me rassasier de la contemplation de cette peinture enchanteresse; il me sembloit qu'elle alloit s'animer , me raconter les peines qui oppressoient son cœur; peu-à-peu, il me parut que ses traits ne m'étoient point étrangers , que j'avois déjà aperçu cette créature céleste; et enfin, la conviction de son existence devint si forte chez moi, que je me promis d'employer tous les moyens possibles pour la trouver dans quelque lieu qu'elle pût être , d'obtenir toute sa confiance , de parvenir à la consoler et à gagner tout son amour.

Fixé devant cette dangereuse pein-

ture, je me perdois dans mes pensées, lorsque je songeai tout-à-coup
à la raison qui m'y avoit amené; un
frisson parcourut tout mon corps:
ce vieillard mystérieux l'avoit con-
templée avec toutes les marques de
la douleur, de profonds soupirs s'é-
toient échappés de son sein. Dieu
miséricordieux ! pensé-je ; que veut
dire tout ceci ? Le destin de ce singulier vieillard seroit-il lié à celui de
cette créature angélique? Seroit-elle
déjà depuis long-temps disparue de
cet univers ? Cette question glaça
mon sang dans mes veines, calma
l'effervescence de mon imagination,
et me plongea dans une mer de
doutes.

Dans ce moment on frappa fortement à ma porte ; j'ouvris ; c'étoit

un page du Duc, qui m'annonçoit
que je devois me tenir prêt à partir
dans une heure. Le Duc avoit reçu
dans la nuit des dépêches, qui l'o-
bligeoient à faire partir un courrier
pour l'armée de Hongrie; et c'étoit
sur moi qu'il avoit jeté les yeux pour
cette importante mission. Cette nouvelle, qui, dans tout autre temps,
m'eût été indifférente, me frappa
dans ce moment comme d'un coup
de foudre; il falloit s'éloigner sur-
le-champ d'un lieu qui m'étoit
devenu si cher, renoncer à la possibilité d'acquérir des lumières sur
l'objet qui occupoit si impérieuse-
ment mon imagination exaltée, et
peut-être sans espoir de revoir jamais cette contrée dans laquelle seule
je pouvois acquérir ces éclaircisse-

mens. Oh comme je sentis alors la malheureuse destinée d'un soldat qui,
n'étant jamais maître de ses actions,
soumis sans cesse à une volonté
étrangère, aux lois tyranniques de
l'honneur, doit attendre chaque jour
sa destination de la main du hazard !

Cependant, cherchant à vaincre
le sentiment désagréable qui me dominoit dans ce moment, je répondis
au page, que j'étois prêt à obéir. Je
m'habillai à la hâte ; je pris congé de
l'image adorée, qui se grava dans
ma mémoire en caractères ineffaça-
bles, et je traversai les galeries solitaires du vieux château, pour me
rendre auprès du Duc ; mais vivement occupé de l'apparition de la
nuit, ce ne fut pas sans faire des recherches sur les différentes positions

des appartemens, qui me montrèrent
clairement que la chambre que j'a-
vois habitée, s'élevoit au-dessus de
toutes les autres, et qu'aucun mur
n'étoit adossé au sien : par conséquent, nulle sortie possible. Je ne
remarquai dans le bas qu'un chemin
étroit, pratiqué au bout d'un corri-
dor, qui conduisoit sous terre du
côté de la forêt, où se trouvoit la
chapelle.

Toutes ces observations ne con-
tribuèrent pas à diminuer l'espèce
d'effroi que m'avoit causé l'apparition, ni la curiosité qu'elle m'inspiroit, et je déplorai d'autant plus la
nécessité qui m'éloignoit si promptement d'un lieu où j'avois tant de
choses intéressantes à découvrir, et
où probablement, je ne reviendrois
de ma vie.

En arrivant chez le Duc, ses dépêches n'étant pas encore achevées, je dus attendre dans l'anti-chambre, où plusieurs officiers étoient rassemblés ; le maître du château arriva bientôt lui-même, et la conversation devint très-animée. Ceux de mes camarades qui avoient, ainsi que moi, logé dans le vieux bâtiment, lui firent mille questions sur tout ce qu'ils trouvoient remarquable ; il n'étoit pas toujours en état d'y répondre, car il l'avoit acquis, depuis peu, d'un possesseur qui, vivant entièrement avec sa famille dans le nouveau château, n'étoit jamais entré dans l'ancien édifice, que, d'après la tradition populaire, on croyoit habité par des créatures surnaturelles de toutes régions et des

spectres de toute espèce. Ce récit
excita la gaîté de tous les officiers,
qui n'avoient rien vu ni entendu de
toute la nuit : pour moi, sur qui il
faisoit une impression bien différente,
je me rapprochai du maître du château, en le priant de me raconter
quelques détails sur les apparitions
qui m'intéressoient si vivement.

Ma question ne parut point lui
être agréable, et il me sembla qu'il
regrettoit d'avoir parlé sur ce sujet.
Je vous avoue, me dit-il, que je ne
puis satisfaire votre curiosité à cet
égard, n'ayant prêté nulle attention
à tous ces contes, enfans d'une sotte
crédulité, et qu'on ne manque jamais d'imaginer, aussitôt qu'il est
question d'un vieux château ; car ils
ont, de tous temps, été regardés

comme propriété conquise de toutes les créatures fantastiques : tout ce que je puis vous dire, c'est que le château de Claus, qui existe depuis le douzième siècle, appartenoit jadis aux seigneurs de Losenstein, d'une riche et puissante race, que des événemens malheureux ont éteinte depuis long-temps.

Ma mère, interrompis-je, fut le dernier rejeton de cette antique maison, qui s'est éteinte par la mort de mon grand-père.

Je me réjouis, s'écria-t-il avec un ton de politesse et d'intérêt, que le hazard vous ait conduit dans l'ancienne demeure de vos ancêtres; cette idée mettra au moins quelque intérêt pour vous à votre séjour auprès de moi.

2*

Je m'inclinai, et profitai de cette occasion pour lui demander quelque explication sur le tableau dont j'étois si vivement occupé. — Il y a un si grand nombre de peintures dans ce château, me répondit-il, qu'il me seroit difficile de vous satisfaire : cependant, je sais que le précédent propriétaire avoit deux filles d'une très-grande beauté, et ce pourroit bien être le portrait de l'une d'elles.

Comment donc se nommoit leur père, demandai-je avec empressement? — C'étoit un Monsieur de Wolkersdorf, qui possédoit encore plusieurs châteaux dans la plaine; si vous suivez le Duc à Vienne, je crois que vous passerez très-près d'une de ces propriétés.

Dans ce moment le page, sortant

de l'appartement du Duc, m'appela pour me rendre auprès de lui; les dépêches étoient achevées; le Duc me les remit, en me recommandant la plus grande diligence, et me donna une feuille de route, qui dirigeoit ma marche, non du côté de Vienne, mais des montagnes de la Styrie, et qui devoit me conduire en Hongrie par le chemin le plus court. Cet ordre, qui détruisoit chez moi la dernière lueur d'espérance, me fit éprouver le plus vif chagrin. Il se peignoit apparemment sur ma physionomie; car le Duc, reprenant la parole : Ne croyez pas, mon cher Pennaloza, me dit-il, que je vous envoie par un chemin impraticable et dépourvu des commodités si nécessaires aux voyageurs, la route que vous prendrez, et qui conduit jusqu'à la mer, est toujours parcourue par ceux que le commerce le plus florissant amène sans cesse dans ces contrées; elle fut jadis celle qui conduisoit les pélerins à la Terre-Sainte : comme eux, vous allez combattre pour la croix sacrée, et ce ne sera pas sans satisfaction que vous suivrez leurs traces.

Cette explication, et le ton plein de bonté du Duc, ne laissoient aucune possibilité à une replique; je m'inclinai profondément devant lui, et m'élançai sur mon cheval; je m'éloignai rapidement, non sans tourner plus d'une fois mes regards vers les murs qui renfermoient un secret auquel mon cœur oppressé attachoit un si grand prix.

Je voyageois depuis quelques heures au milieu d'agréables chemins, bordés de hautes montagnes, qui, à mon grand étonnement, quoique nous fussions au mois de Mai, avoient encore leurs cîmes entièrement couvertes de neige. Le soleil commençoit à baisser, lorsque d'épais nuages s'élevèrent derrière les montagnes; l'air étoit étouffant, de longs éclairs sillonnoient les nues, le tonnerre, grondant d'abord dans le lointain, se rapprochoit toujours davantage, et, se répétant vingt fois par l'écho des montagnes, ne cessoit pas un seul instant; quelques gouttes de pluie se firent sentir; les habitans des campagnes, qui couroient çà et là pour se mettre à l'abri, et quittoient avec empressement leurs charrues,

me conseillèrent de chercher un
asile contre l'orage ; mais je conti-
nuai mon chemin , espérant ou qu'il
se dissiperoit, ou que je le suppor-
terois sans accident.

Cependant, j'étois arrivé à l'en-
droit le plus élevé de la montagne ,
le soleil étoit couché depuis long-
temps , et les nuages obscurcissoient
tellemeut l'horizon , que les éclairs
seuls m'aidoient à poursuivre ma
route ; tout-à-coup, aux effrayans
éclats d'un tonnerre prolongé, suc-
cédèrent des torrens de pluie si vio-
lens, et l'atmosphère en feu causa
un tel effroi à mon cheval, que je
commençai à sentir l'imprudence
que j'avois commise en dédaignant
les conseils des bons campagnards.
Je poursuivois lentement ma route ,

lorsque tout-à-coup j'aperçus à la
lueur d'un éclair, que je n'étois qu'à
quelques pas d'un grand bâtiment,
où je distinguai le clocher d'une
église; cette masse, adossée contre une
montagne d'une prodigieuse hauteur,
m'offroit un sûr asile contre l'orage,
et, très-satisfait de cette découverte,
je dirigeai mon cheval de ce côté.

Trempé de pluie et saisi de froid,
je sonnai avec force à la cloche d'une
grande porte; un vieillard, en habit
ecclésiastique, m'ouvrit aussitôt, une
douce sérénité brilloit sur son front,
et j'éprouvai le sentiment le plus
agréable, en me trouvant dans le
vestibule d'un cloître parfaitement
bien éclairé; devant plusieurs autels
ornés de fleurs, brûloient des lampes
éternelles; et des portes élégam-

ment sculptées , conduisoient dans
les différentes cellules des Religieux.
Je racontai au Père-Gardien ce qui
m'amenoit auprès de lui ; il m'écouta
avec intérêt , et, me conduisant dans
sa cellule , il me quitta pour annoncer mon arrivée à l'Abbé. Je consi-
dérois cet agréable réduit, où tout
étoit riant et commode , et frappé de
la tranquillité, de la sureté dont j'étois
environné dans l'enceinte de ces
murs , tandis qu'au dehors , les élé-
mens conjurés sembloient vouloir
bouleverser toute la nature. Ah !
pensais-je en soupirant, le bien-être
que j'éprouve dans cet instant, doit
être aussi le partage de celui qui ,
s'échappant des orages d'une vie agitée et malheureuse, peut trouver ici
la délivrance et la paix. Le retour

du Père-Gardien interrompit mes rêveries, c'étoit l'heure du souper, et dès que j'eus changé d'habits, je suivis mon conducteur dans une salle à manger éclairée de hauts flambeaux, où je trouvai rassemblés douze vénérables vieillards. On me reçut avec une distinction que m'attiroit la sainteté de la mission dont j'étois chargé, et l'entretien le plus agréable eut lieu pendant tout le soupé. Ces respectables Religieux n'étoient pas de ces moines qui, dès leur première jeunesse, élevés dans le cloître, n'ont d'autres idées, d'autre expérience que celles qu'ils peuvent acquérir dans l'étroite enceinte de leurs murs ; tous avoient vécu dans le monde, tous avoient rendu leur existence utile à l'humanité, soit

dans l'église , soit à la cour , soit
dans la carrière diplomatique ou mi-
litaire ; et tous, fatigués de leurs travaux , s'étoient réunis dans ce doux
asile de la paix , du repos et du
bonheur.

La salle étoit ornée de plusieurs
tableaux ce prix , dont la plupart
représentoient des sujets de l'histoire
sainte; d'autres, des hommes pieux ,
ou qui s'étoient rendus dignes de la
reconnoissance de la maison. Deux
de ces tableaux me parurent plus re-
marquables que tous les autres : l'un
représentoit un beau jeune homme ,
en habit de chevalier ; ses armes ,
et les ornemens de son casque, désignoient le rang le plus élevé, et la
croix qu'on remarquoit sur son man-
teau, montroit qu'il avoit combattu

les infidèles. Dans le second tableau,
l'on voyoit un vénérable évêque revêtu de tous les ornemens pontificaux, avec la crosse et la mitre.
Derrière le rideau de pourpre qui se
relevoit dans le fond du tableau en
plis onduleux , on remarquoit une
contrée montagneuse , au milieu de
laquelle s'élevoit un grand bâtiment,
qui me parut le même que celui que
j'avois aperçu la veille à la lueur des
éclairs ; mais ce qui m'intéressoit le
plus dans ce portrait , c'étoit l'extrême ressemblance qu'on ne pouvoit
méconnoître entre le jeune guerrier
et le respectable prélat. Ayant questionné mon voisin sur cette circons-
tance , vous voyez, me répondit-il,
le comte Otto , de la maison ducale
des Andechs , qui s'éleva dans la

Styrie et la Carinthie jusqu'à la souveraineté. Il fut évêque de Brixen
et de Bamberg, et le fondateur de
notre maison. Ce premier tableau
le représente dans sa jeunesse, lorsqu'il partit pour la Terre-Sainte,
bien loin de croire alors de ter-
miner de cette manière sa carrière
belliqueuse. Je me rapprochai du
jeune chevalier ; la noblesse de ses
traits, l'élégance et la majesté de sa
taille me frappèrent de nouveau ;
mais la gaîté, la confiance de la
jeunesse, qui brilloient dans ses regards, n'étoient plus dans ceux de
l'évêque que tristesse, dégoût de
la vie, mêlés cependant à l'espoir
d'un glorieux avenir, que ses yeux,
fixés vers le ciel, sembloient demander à son Créateur. J'en fis la

remarque à celui qui m'avoit parlé.
Vous ne vous trompez pas, me répondit-il, le comte Otto d'Andechs a
été dans sa jeunesse en butte à plus
d'un orage, et s'est mis, de bonne
heure, à couvert de leur fureur dans
la tranquillité du cloître. Si notre
maison a le bonheur de vous posséder
plus long-temps, ce sera un vrai
plaisir pour moi de communiquer à
M.ʳ de Pennaloza ce que je sais de
l'histoire de notre Fondateur; la bi-
bliothèque et les archives sont sous
ma direction, et, dans mes heures
solitaires, j'ai rassemblé avec soin
toutes ces intéressantes particula-
rités.

Ah! m'écriai-je en soupirant, je
n'ai point d'espoir de voir ces feuilles
précieuses; car demain je dois partir

au lever de l'aurore , et renoncer à satisfaire une si juste curiosité : peu après je pris congé du vénérable Abbé et de sa communauté , et je me rendis dans l'appartement qu'on m'avoit préparé.

Je fus agité toute la nuit des songes les plus singuliers ; la céleste physionomie du château de Claus , celle du chevalier Otto , ma propre figure , se mêloient ensemble d'une manière extraordinaire , comme si nos destinées eussent eu de frappans rapports et de mystérieuses liaisons entre elles ; et ce sentiment subsista chez moi , même après mon réveil.

Le lendemain le ciel fut serein , l'air tranquille et frais ; je remerciai les pieux Moines , et je poursuivis

ma route. Les sauvages beautés de
la contrée qui entouroient le cloître,
me le faisoient envisager comme l'asile
du repos, au milieu des chemins
difficiles de ces montagnes, et j'é-
prouvais un sentiment singulier ; il
me sembloit que ces rochers m'attiroient par un pouvoir magique, que
le murmure du feuillage des chênes,
agités par le vent du matin, me faisoit signe de ne point m'éloigner,
et que le cloître, tranquille et riant,
que j'apercevois encore, m'appeloit
dans son sein, en me promettaut le
repos et le bonheur ; mais mon devoir, l'honneur, l'amour de la gloire, m'ordonnoient de continuer ma
route, et peut-être encore l'espoir
de trouver un jour l'original du portrait, qui se présentoit sans cesse à

mes yeux, comme le but et la récompense de toutes mes actions.

Au bout de trois jours de marche,
j'arrivai à l'armée, où le Duc ne
tarda pas à me rejoindre, et les
opérations de guerre commencèrent
vivement, tantôt avec plus, tantôt
avec moins de bonheur. Les Turcs,
repoussés par notre valeur, repre-
noient bientôt l'avantage, dès que
leur Empereur, le grand Soliman, se
mettoit lui-même à leur tête. Les
troupes chrétiennes reculèrent à son
approche ; et ce Prince, rassemblant enfin toutes ses forces, les re-
poussa jusqu'en Autriche. Le meurtre, la dévastation, les rapines, mar-
quoient chaque pas de son armée,
et l'incendie des villages éclairoit sa
marche redoutable, ce qui ne pou-

voit fuir, tomboit sous le glaive des
incrédules, et des flots de sang chré-
tien inondoient les champs de la
Styrie et de l'Autriche. Le Sultan,
dans sa marche irrésistible, porta
le siège jusques devant les murs de
Vienne; mais ce fut là que l'attendoient la plus héroïque résistance, le
courage, la résolution des habitans
et la sagesse des déterminations du
valeureux comte Nicolas de Solm,
sous lequel j'avois fait mes premières
armes devant Pavie; brûlant du désir
de me signaler encore à ses yeux,
j'employai tous mes efforts pour obtenir d'être du nombre de ceux qui
devoient se renfermer avec lui dans
la ville assiégée, et défendre les
murs de la chrétienté. Un désir secret de trouver, peut-être, dans cette

capitale quelques éclaircissemens sur
l'inconnue, que j'étois résolu à chercher dans l'univers entier, augmentoit encore la vivacité de mes souhaits ; ma demande me fut accor-
dée, le siège commença avec fureur, se soutint avec fermeté, et,
après plus de vingt assauts repoussés,
après que, par les maladies, les
combats, la famine, Soliman eut
perdu plus de trente mille de ses braves Janissaires devant les murs de
Vienne, nous eûmes la satifaction
inexprimable de voir évacuer toute
son armée dans le milieu d'Octobre.
Cependant la guerre contre les infidèles dura encore plusieurs années ;
le duc d'Albe, de retour en Espagne
depuis long-temps, m'avoit fait la
proposition de l'accompagner et de

m'attacher à lui ; mais les espérances
d'une imagination exaltée, me retenoient dans un pays où m'attachoient
mille liens mystérieux, et où j'étois
aussi convaincu de trouver l'objet
de mes recherches , que de ma
propre existence : c'est ainsi que je
perdis mon protecteur , ma patrie,
l'espoir d'y rentrer jamais, et que
je pris du service dans un régiment
allemand , où je me distinguai en
plusieurs occasions , de telle manière
qu'on me confia bientôt les postes
les plus importans. Dans une de ces
dangereuses rencontres, nous fûmes
tout-à-coup enveloppés d'un nombre
d'ennemis si supérieur au nôtre qu'il
ne fut plus question de songer à
vaincre, mais seulement de mourir
avec honneur. Nous fîmes notre de-

voir, et l'ennemi paya cher cet avantage; nous reçûmes des secours, et le
poste fut conservé ; mais la plus
grande partie de mes braves soldats,
avoit péri à mes côtés, et moi-même
j'étois si dangereusement blessé, que
l'on désespéra de ma vie ; je fus
transporté à Vienne , où je luttai
long-temps entre la vie et la mort :
ce qui rendoit mon état plus dange-
reux, étoit la flèche empoisonnée
d'un tartare dont j'avois été atteint ;
et quoique, par les soins les plus
prompts, on eût réussi à faire res-
sortir une grande partie du poison,
il en restoit encore assez pour faire
craindre que je fusse condamné le
reste de ma vie à un état de foiblesse
et de langueur.

J'ignorois encore le malheur dont

j'étois menacé ; les médecins entre-
tenoient mon ignorance , et me don-
noient sans cesse un espoir qu'ils
n'avoient point eux-mêmes ; enfin ,
au bout d'une année, j'étois au même
point que dans les premières semaines
de ma maladie ; je me voyois dans
la fleur de l'âge , au milieu des plus
flatteuses espérances pour l'avenir ,
arraché tout-à coup à ma glorieuse
carrière, à tous mes projets de bonheur ; un sombre avenir, sans utilité,
sans plaisirs et sans gloire se présenta tout-à-coup à mes regards ef-
frayés ; le découragement s'empara
de mon âme , et le plus affreux désespoir lui succéda bientôt.

Cependant, l'image enchanteresse
qui, dans mes cruelles douleurs, avoit
entièrement disparu de mon imagi-

nation se représenta tout-à-coup dans mes songes ; tous me peignoient la romantique demeure de mes aïeux, Claus, ses rochers à pic, ses forêts, ses vallées ; l'hospice au milieu des Alpes, qui m'attiroit jadis avec tant de force, m'occupoit sans cesse, je le voyois dans mes songes, et toujours accompagné de la céleste image, qui sembloit m'y appeler, et me le désigner comme le seul lieu où m'attendoit la consolation et le bonheur.

J'étois sans cesse agité de cette idée qui me poursuivoit et pendant le sommeil et pendant les veilles ; enfin, ne pouvant plus supporter la vivacité de ce désir, j'écrivis aux vénérables religieux, qui me répondirent qu'ils me recevroient avec joie au milieu d'eux, aussi long-temps

que cela me seroit agréable, qu'ils
se chargeroient volontiers de me
soigner et de faire tous leurs efforts
pour me rendre la santé; en même
temps ils m'envoyèrent aussitôt l'un
d'entr'eux pour me chercher, et me
conduire lui-même dans leur cloître.

La joie que me causa l'accomplis-
sement du plus ardent de mes vœux,
me redonna des forces, au-dessus de
toute attente, et, en peu de jours, je
fus en état d'entreprendre le voyage.
A mesure que j'approchois des Alpes,
je sentois à quel point l'air pur, et le
doux parfum des plantes balsamiques,
ranimoient tout mon être; la vue du
château de Claus me fit éprouver un
violent battement de cœur, et je
fixois mes regards inquiets sur toutes
les maisons de la contrée, espérant

sans cesse rencontrer l'objet de toutes mes pensées.

Enfin, nous aperçûmes la belle vallée où nous devions trouver le but de notre voyage. Les bons pères vinrent au devant de moi avec mille témoignages de considération et de bienveillance, et la même porte qui s'étoit ouverte pour me faire échapper à l'orage, s'ouvrit encore pour me recevoir, après y avoir succombé.

Je me rétablissois visiblement, mais avec lenteur; l'ordre sévère des pieux frères qui n'agissoient plus pour le monde, mais seulement pour le repos de leurs âmes, joint à l'air vif et pur des Alpes, contribua peu à peu à ramener le calme dans mon cœur et quelque force dans mes

membres affoiblis. Je visitois souvent l'hospice ; ses établissemens,
ses environs, tout me plaisoit chaque
jour davantage; il me confirmoit dans
la résolution, si j'étois obligé de renoncer à mes plus chères espérances,
de consacrer entièrement à la piété
une vie que je ne pouvois plus rendre
utile par mes travaux, de dire un
éternel adieu à ma patrie et de me
fixer pour jamais au milieu des vénérables religieux, pour lesquels mon
cœur étoit rempli de reconnoissance.

Un jour que, l'imagination oc-
cupée de ces projets, je parcourois
une des parties les plus reculées du
cloître, je fus tout-à-coup frappé
d'un tableau qui attira toute mon
attention. C'étoit un évêque revêtu
de tous les ornemens pontificaux,

3*

que je reconnus à l'instant pour le
fondateur de notre maison, le comte
Otto d'Andechs, dans tout l'éclat de
la plus brillante jeunesse. Il étoit à
genoux et paroissoit prier avec ardeur ; on voyoit épars sur le gazon,
son armure, son casque, son glaive,
son bouclier, la couronne de comte,
et plusieurs autres attributs de la force
et de la grandeur humaine, entourés
de tous côtés de piquantes épines, et
que dans la ferveur de ses prières, il
paroissoit fouler aux pieds. Au-dessus
de lui planoit un ange dans toute sa
gloire, qui lui présentoit, avec un
sourire céleste, la palme de la victoire, et, qui pourroit peindre mon
étonnement, cet ange était la copie
fidèle de l'image que je portois dans
mon cœur.

Ce que j'éprouvai dans cet instant
ne peut s'exprimer ; la joie, l'effroi,
l'espérance et la crainte se parta-
geoient tous les mouvemens de mon
âme ; je ne savois ce que je devois espérer, ce que je devois craindre ; mais
enfin, une triste vraisemblance, qui
malgré moi, s'était déjà si souvent pré-
sentée à mon imagination s'en empara tout-à-coup avec force, et ren-
versa toutes mes espérances et mes
projets de bonheur.

Mon foible corps fut tellement
ébranlé par la violence de mon émotion, que j'étois prêt à m'évanouir,
et que ce ne fut qu'avec peine que
je me traînai jusqu'à mon appartement, où je ne tardai pas à me trouver
si mal, qu'il s'écoula un long espace
de temps, avant que je pusse me

remettre. Pendant les jours où ma foiblesse me retenoit au lit, les bons pères me visitoient sans cesse, et cherchoient, par de pieux entretiens, par des récits instructifs et amusans, à ramener le calme dans mon âme; le père bibliothécaire, surtout, me quittoit rarement: il m'apporta un jour le manuscrit si désiré, qui contenoit l'histoire du fondateur de leur maison qu'il me confia, ne pouvant lui même en faire la lecture à cause des occupations qui le retenoient loin de moi pendant toute cette journée. Je regardai en tremblant les feuilles précieuses que j'avois dans les mains, et le bon père avoit disparu depuis long-temps, que je ne pouvois encore me déterminer à commencer la lecture qui alloit décider de mon sort; cepen-

dant, prenant peu à peu plus d'assurance, j'ouvris enfin ce redoutable
manuscrit, où je lus ce qui suit :

Dans le temps où le désir de visiter le saint sépulcre et de combattre les infidèles attiroient de tous
côtés des pélerins et des Chevaliers
dans l'Europe méridionale, le chemin qui traverse nos montagnes et
conduit commodément les voyageurs en Italie, subsistoit déjà depuis long-temps, et servoit chaque
jour de passage, tantôt à de nombreuses caravanes, tantôt à des
Chevaliers ou pélerins isolés, qui
s'embarquoient à Venise, pour parvenir à la Terre-Sainte.

Au milieu de la montagne où passe
cette route, dans le lieu le plus
étroit où le fleuve se creuse avec

effort un lit au sein des rochers, et ne laisse qu'un étroit passage, qui domine sur toute la vallée, se trouve situé le château de Claus, apparte- nant jadis au Chevalier Everard de Losenstein, d'une maison puissante dans le pays depuis plusieurs siècles, et possédant un grand nombre de châteaux dans la plaine, encore plus considérables et magnifiques que celui-ci ; mais la situation de Claus plaisoit au farouche Everard, qui, semblable à l'oiseau de proie, épioit de son nid ses victimes, et, fondant rapidement sur elles, se précipitoit sur les malheureux voya- geurs dont il guettoit le passage, les pilloit sans pitié, leur ôtoit la vie, ou les traînoit dans les prisons de son château, où il les laissoit se con-

sumer et périr insensiblement, à
moins qu'ils ne pussent se racheter
au poids de l'or.

Les ducs d'Autriche et de Styrie,
lui avoient plus d'une fois fait défendre de continuer un pareil brigandage; mais comptant, sur ses nombreux vassaux et sur ses forteresses, il
avoit jusqu'ici dédaigné et les ordres
et les menaces, et continué de partager sa vie entre le meurtre, la ra-
pine, la chasse et la boisson.

Plus avant dans la montagne ; au
milieu de la vallée, où se trouve actuellement nôtre cloître, étoit un
petit village habité par des charbon-
niers et de pauvres bergers, qui pas-
soient leur vie dans leurs montagnes
couvertes de neiges éternelles, sans
autres événemens que le passage des

pélerins qui s'éloignoient de la grande route, pour traverser le Pyhrn.

Dans ce lieu solitaire, vivoit un vénérable prêtre, avec sa sœur, veuve respectable, et l'enfant de son adoption. Personne ne savoit rien de la naissance de la belle Emma; car la bonne Gertrude et son frère gardoient à cet égard le plus absolu silence; Emma, elle-même ignoroit le nom de ses parens, et savoit seulement qu'ils étoient honnêtes et que sa mère avoit été l'amie de Gertrude. Emma croissoit en beauté et en vertu, sous les yeux de Dieu et de ses vieux amis; sa vie se passoit doucement au milieu des occupations du ménage et des ouvrages de son sexe que lui enseignoit sa mère d'adoption, et elle se préparoit avec zèle à la

vie du cloître, à laquelle la des-
tinoit ses parens.

Emma ignoroit entièrement les occupations et les plaisirs des jeunes
filles de son âge ; danses, banquets,
tournois, lui, étoient à peine connus
par la lecture d'anciennes traditions ;
et, à l'exception de quelques char-
bonniers sauvages, jamais un jeune
homme ne s'étoit offert à ses regards,
et n'avoit élevé le moindre sentiment
dans son cœur. Sa seule distraction,
son unique plaisir étoit de parcourir
les montagnes voisines de sa demeure, de cueillir des fleurs pour
en orner les autels, et des plantes
salutaires dont elle connoissoit toutes
les propriétés, pour guérir les ma-
lades auxquels elle paroissoit un ange
de bonté que leur envoyoit le ciel
dans leurs maux.

Un jour, qu'elle avoit poussé ses courses plus loin qu'à l'ordinaire, pour chercher une plante qu'on ne pouvoit trouver que dans ce lieu, elle s'étoit arrêtée de l'autre côté du Pyhrn, au bord du fleuve qui se perd en bouillonnant dans la vallée, lorsque, tout-à-coup, elle crut entendre un léger gémissement qui la fit tressaillir; elle prête de nouveau l'oreille avec attention, et pour cette fois, il lui semble qu'elle entend distinctement les plaintes d'un mourant, qui pénètrent jusqu'au fond de son cœur. Elle restoit immobile dans la plus cruelle incertitude; devoit-elle, timide et sans défense, porter des secours, qui la jetteroient peut-être au milieu des dangers? Falloit-il, d'un autre côté, laisser

périr un malheureux? Dans ce moment, les sons devinrent plus foibles;
ô Dieu! s'écria-t-elle, il expire
peut-être, et, sans délibérer davantage, elle se précipita du côté d'où
partoit la voix, traversa des brous-
sailles épaisses, sans s'apercevoir que
les épines déchiroient ses mains délicates, et parvint au bas d'une petite
colline couverte de verdure, où, au
bord du fleuve, elle trouva un homme
en habit de pélerin, qui lui parut absolument sans vie. C'étoit l'infortuné
dont elle avoit entendu les accens
plaintifs; son attitude, le sang qui
couvroit ses vêtemens, ne lui laissoient aucun doute à cet égard, et
lui montroient que l'état de ce malheureux inconnu demandoit les plus
prompts secours. Cependant, elle

hésitoit encore ; un je ne sais quoi,
qui portoit l'agitation dans tout son
être retenoit ses pas, lorsque la
voix de la pitié l'entraînoit ; mais
bientôt, elle n'écouta plus qu'elle ;
et, s'approchant de l'étranger, elle se
baissa pour le considérer : C'étoit
un jeune homme d'une taille haute,
la pâleur de la mort couvroit ses
joues, ses yeux étoient fermés ; mais
jamais rien de si beau ne s'étoit offert
aux regards d'Emma, jamais son imagination n'avoit pu se représenter
qu'un homme possédât autant de
charmes, et cet être qui lui paroissoit surnaturel, étoit expirant à ses
pieds ; tremblante, hors d'elle-même,
elle voulut se mettre à genoux, pour
essayer de lui donner quelques secours ; mais, pouvant à peine se sou-

tenir, elle se laissa tomber auprès
de lui ; sa main toucha son épaule,
et ce mouvement, le tirant de son
évanouissement, il ouvrit de grands
yeux noirs qu'il fixa sur Emma, en
poussant un léger cri: Dieu soit loué !
il vit ! il vit ! s'écria-t-elle en fondant
en larmes ; et voyant l'étranger prêt
à retomber de nouveau en foiblesse,
elle courut lui chercher de l'eau,
souleva dans ses bras sa tête appesantie, lui frotta les tempes avec de
l'eau spiritueuse qu'elle portoit toujours sur elle, et lui en fit respirer
quelques gouttes.

Insensiblement l'étranger revint à
lui, il ne pouvoit encore parler,
mais ses regards exprimoient sa vive
reconnoissance ; Emma, les yeux
baignés de pleurs, cherchoit, par

mille soins, à soulager ses douleurs ;
il pressoit doucement sa main en
silence ; mais au milieu de la joie
qu'elle ressentoit de son retour à la
vie, elle ne pensoit pas sans inquiétude à ce qu'ils deviendroient l'un
et l'autre à cette distance de sa demeure, lorsque, tout-à-coup, elle entendit du bruit derrière elle, dans
les buissons, et qu'un homme armé
s'avança précipitamment en s'écriant:
Que le ciel soit béni, nous avons déjà
du secours ici !

Deux campagnards le suivoient,
ainsi que la bonne Gertrude, qui ne
fut pas peu surprise de trouver sa
fille dans ce lieu ; mais peu de mots
suffirent pour s'expliquer mutuel-
lement. L'étranger étoit un pélerin,
qui se rendoit en Italie, accom-

pagné de son écuyer; instruit du
brigandage qu'exerçoit le seigneur
de Losenstein, et, voulant éviter une
aussi désagréable rencontre, il avoit
pris un chemin détourné, qu'il parcouroit déjà depuis quelques heures,
espérant d'avoir échappé au danger,
lorsque tout-à-coup un grand nombre
d'hommes armés, sortant de l'épais-
seur du bois, tombèrent sur lui.
Vraisemblablement que le chevalier
Everard avoit appris qu'un pélerin,
dont l'extérieur annonçoit une naissance distinguée, s'étoit éloigné de
la grande route, pour prendre le
chemin du Pyhrn, car il avoit aussitôt mis ses gens en mouvement et
coupé le passage au voyageur; mais,
sous ses habits de pélerins, l'étranger
portoit une armure et une épée

dont il se servoit avec tant d'adresse
et de valeur, que, malgré le nombre
des assaillans, il parvint, aidé de son
fidèle écuyer, à les mettre en dé-
route et par la vîtesse de son cheval,
à leur échapper entièrement ; mais il
avoit reçu de profondes blessures, et
le sang qu'il perdoit en abondance,
lui causa une telle foiblesse, que ne
pouvant plus se soutenir, il des-
cendit de son cheval soutenu par son
écuyer, qui courut au village pour
lui chercher des secours. Ses douleurs augmentoient de momens en
momens; sa foiblesse étoit si grande
qu'il lui fut impossible de se traîner
jusqu'au bord du fleuve, pour ap-
paiser la soif dont il se sentoit dé-
voré; il avoit poussé quelques gémissemens, s'étoit évanoui, et peut-

être sans les secours d'Emma eût-il succombé à ses souffrances ; pendant ce temps, l'écuyer, conduit par les paysans chez le vénérable prêtre, avoit, sans peine, engagé sa sœur à le suivre auprès de son maître.

La bonne Gertrude, après avoir fait placer le blessé sur un brancard de branches d'arbre, que les paysans formèrent à la hâte, reprit le chemin de sa demeure, afin de tout préparer pour la réception de l'étranger, dont la bonne mine et l'air distingué l'avoient décidée à prendre soin elle-même. Emma suivoit sa mère en revenant à tout moment sur ses pas, tantôt pour considérer le blessé, tantôt pour recommander aux paysans les plus grands ménagemens, et le fidèle écuyer fermoit ce triste cor-

tège , tandis que l'objet de tant
de soins profondément évanoui ,
sembloit devoir ne plus revoir la
lumière.

En arrivant à la demeure hospi-
talière , on le posa doucement sur
un bon lit , et Gertrude commença
à examiner ses blessures , qu'elle
jugea très-considérables , quoique
sans danger pour sa vie. Sa conva-
lescence fut très-longue ; Emma qui
secondoit sa mère, dans ses soins pour
son malade, le quittoit rarement ; de
tendres soins , de douces conversa-
tions rapprochèrent deux cœurs que
la singularité de leur première en-
trevue avoit déjà vivement émus. La
reconnoissance et l'amour brilloient
dans les regards du jeune pélerin,
dont les sentimens pleins de no-

blesse, la douceur et la grâce augmentoient chaque jour chez Emma le sentiment qui l'entraînoit vers lui. Cependant, au milieu des épanchemens de sa reconnoissance, il régnoit une sorte de gravité, et quoique l'intérêt qu'il mettoit à tout ce que faisoit et disoit Emma, fût très-visible, une attention sévère sur ses regards, ses expressions, montroit qu'il craignoit de se livrer aux sentimens qu'il éprouvoit.

Cependant, il se rétablissoit insensiblement, la fraîcheur, la force de la jeunesse brilloient de nouveau sur son beau visage; mais il n'étoit pas possible pour le moment de songer à poursuivre le voyage de Jérusalem; il fit part au bon prêtre et à sa famille de la résolution qu'il avoit prise de retourner à la maison paternelle , jusqu'à-ce que le temps lui rendant entièrement ses forces il pût entreprendre de nouveau le voyage de la Terre-Sainte.

C'étoit la première fois depuis son séjour au milieu d'eux , qu'il avoit parlé de ses parens, dont il n'avoit jamais prononcé le nom, et ses hôtes convaincus qu'il étoit un homme d'honneur et d'une condition distinguée , ne s'étoient permis aucune question à cet égard : actuellement qu'il commençoit de lui-même, une curiosité bien pardonnable se peignit sur leurs physionomies, et le Chevalier poursuivit ainsi : Combien ne vous dois-je pas d'excuses , ô mon père ! et à vous, âmes tendres et compatissantes, d'avoir pû garder le

silence depuis si long-temps sur mon
état et mon nom ; mais soyez assurés,
ô mes amis ! vous à qui je dois la
vie, et plus encore, continua-t-il
en poussant un profond soupir, et
le regard sombre qu'il jeta dans ce
moment sur Emma rencontrant ses
grands yeux bleus, il baissa les siens
tristement vers la terre. Soyez assurés
que ce n'est ni un sentiment con-
damnable, ni une coupable méfiance
qui m'a empêché de vous dire que je
suis un comte d'Andechs.

Ah bon Dieu ! s'écria le prêtre,
en se levant vivement, un comte
d'Andechs ! un duc de Dalmatie !
Un si puissant seigneur sous mon
misérable toit ?

Mon père, interrompit le Comte,
en lui tendant la main, vous me

rendez confus par cette remarque.
Ah ! les bienfaits , les soins sans
nombre que j'ai reçus sous ce simple
toit ne pourroient se payer par toutes
les possessions de mon père , et jamais, jamais ils ne sortiront de ma
mémoire, ajouta-t-il, en levant au
ciel ses yeux pleins de larmes.

Vous savez, continua-t-il, ce qui
m'est arrivé dans ces montagues, et
d'où part le trait infâme , dont j'ai
failli devenir la victime. Si le seigneur
de Losenstein avoit pu apprendre
quel étoit celui qui s'étoit échappé
de ses pièges , et le lieu de son
asile, il n'eût peut-être pas rougi de
fondre avec ses satellites jusqu'au
milieu de la demeure de la vertu et
de l'humanité, pour faire prisonnier
un homme dont il auroit pu se pro-

mettre une rançon considérable : ce
fut la raison qui m'engagea à persister dans la résolution que j'avois
prise de garder le secret jusqu'à Jérusalem, sur mon nom et ma naissance ; mais la manière dont j'ai été
traité dans ce sanctuaire de la vertu,
la crainte du ciel qui dirige toutes
les actions de mes respectables hôtes,
fait taire toute considération, et je
n'ai pas besoin de recommander le
secret à des cœurs pleins de délicatesse et de bonté. Je suis, continua-
t-il lentement, et en hésitant à chaque mot, je suis le plus jeune de
ma famille, et destiné à l'état ecclésiastique, dont j'ai déjà reçu la première consécration, et mon nom
est Otto.

Dès l'instant où l'exclamation du

bon prêtre avoit instruit Emma du
haut rang du jeune pélerin, un froid
mortel s'étoit glissé dans toutes ses
veines ; aux derniers mots qu'avoit
prononcés le Comte, des larmes s'é-
toient échappées sur ses mains jointes,
et elle avoit abandonné la chambre.

Un sentiment qu'elle ne pouvoit
s'expliquer, l'accabla pendant tout le
reste de la journée ; l'embarras qu'elle
éprouvoit déjà souvent auprès d'Otto,
s'étoit encore augmenté, elle évitoit
avec soin de se trouver seule auprès
de lui, en se disant à elle-même,
que l'énorme distance qui les sépa-
roit, demandoit cette extrême ré-
serve. Quelques jours se passèrent
ainsi dans la plus profonde mélancolie, et sans qu'Otto eût pu trouver
la possibilité de parler un instant seul

avec Emma ; le moment de son départ s'approchoit sans cesse, et le
jour seul n'étoit pas encore nommé
où il diroit pour toujours adieu au
toit hospitalier du bon prêtre.

La douce sérénité d'Otto, sembloit avoir entièrement disparu ; il
étoit silencieux, concentré en lui-
même, ou ne s'entretenoit qu'avec
son hôte sur des objets ecclésiastiques, sur sa future destination, sur la
situation actuelle de la chrétienté
dans l'Orient, sur les disputes de
Fréderic Barberousse avec le Saint-
Père, et s'animant à l'idée que son
état le placeroit naturellement du
côté du Pape, l'amour de la patrie,
l'espoir de combattre et vaincre sous
les drapeaux de son Empereur, dis-
sipoient pour quelques instans les

4*

sombres nuages dont il paroissoit environné.

Plusieurs jours se passèrent ainsi,
le Comte étoit entièrement rétabli;
mais il s'élevoit à chaque moment
de nouveaux obstacles, qui retar-
doient son départ. Emma ne savoit
si elle devoit s'en affliger ou s'en ré-
jouir; le seul désir qui se faisoit
sentir tout-à-coup très-distinctement
en elle , c'étoit de prendre le voile
le plutôt que possible , et son cœur
agité, ne soupiroit qu'après la paix
et la tranquillité du cloître.

Un soir, que seule dans le jardin,
elle considéroit le coucher du soleil,
et se perdoit dans les plus tristes réflexions sur son avenir, elle fut
tout-à-coup interrompue dans ses
sombres rêveries par l'arrivée d'Otto;

c'étoit la première fois qu'il avoit
cherché à la voir seule, son visage
portoit l'empreinte d'une douce satisfaction, et la saluant en souriant,
il vint s'asseoir auprès d'elle ; pardonnez, lui dit-il, si j'ose interrompre
ainsi votre solitude ; mais j'ai une
prière à vous faire, à laquelle je mets
un très-grand prix !...

Que peut désirer monsieur le
Comte, d'une pauvre fille comme
moi ? répondit Emma, le cœur
oppressé, et les yeux remplis de
larmes.

Je viens d'apprendre, dans ce moment, reprit Otto avec des yeux où
brilloit une douce joie, qu'ainsi que
moi, vous êtes destinée à l'état ecclésiastique.

Ah ! je voudrois être déjà ren-
fermée au fond du cloître !

Notre destination établit entre
nous la plus parfaite égalité ; car le
prêtre et la jeune vierge consacrée
au Seigneur, sont sur la même ligne,
devant le ciel et le monde ? Chaque
distinction terrestre, pouvoir, rang
et richesses, tout est évanoui pour
nous ; c'est pourquoi, ô ma chère
Emma, je vous demande instamment
de me permettre de vous donner le
doux nom de sœur, et de m'accorder
le sentiment que vous auriez eu
pour un frère, si le ciel vous
l'eût donné.

Emma tressaillit à cette proposition, elle avoit prêté la plus grande
attention au discours d'Otto, et quoiqu'elle ne pût trouver une grande
justesse à sa conclusion, l'idée de le
considérer comme un frère, et d'oser

en cette qualité lui vouer toutes ses
affections, avoit mille charmes pour
elle ; incertaine et tremblante, elle
gardoit le silence en rougissant : Me
refuserez-vous ma prière ? continua
le Comte, d'une voix suppliante,
en pressant doucement sa main dans
les siennes. O Emma ! ne puis-je,
au moins, être ton frère ? Elle releva timidement sa tête, et ses yeux
rencontrant ceux d'Otto qu'animoit
le sentiment le plus vif et le plus
tendre, elle ne put retenir plus long-
temps les sensations dont elle étoit
accablée, et fondit en larmes.

Bon Dieu ! que veut dire ceci ?
s'écria Otto, dans le plus grand
trouble : O Emma ! ma prière pour-
roit-elle te coûter des larmes? Si tu
me refuses... — Ah ! ne le croyez

pas , monsieur le Comte , inter-
rompit-elle vivement ; votre prière
m'a comblée de joie..., mais...
je ne puis... je ne dois pas... —
Eh qui pourroit te retenir? Qui pourroit nous empêcher de nous aimer
de la seule manière qui nous soit
permise sur cette terre?

Ici les larmes d'Emma redoublè-
rent; oui , s'écria-t-elle enfin avec
force , nous sommes à jamais séparés
dans ce monde , le ciel seul peut
nous réunir ; sois donc mon frère,
mon frère bien-aimé dans cette vie.

A ces mots , Otto serra Emma
contre son cœur avec force , elle
pleura sur son sein , et tous deux
sentirent que s'il leur eût été permis
de penser à une réunion d'un autre
genre , ils eussent joui du bonheur
le plus parfait.

Otto rompant enfin le silence !
c'est après demain, ô ma sœur chérie,
que je te dis adieu pour jamais.

Emma pâlit, je n'ai déjà que trop
différé, continua le Comte, et pour
mon repos et peut-être pour le tien,
ô mon Emma ! elle serra sa main,
tous deux gardoient le silence. Il
faut nous séparer, c'est la volonté
du ciel, à laquelle nous devons hum-
blement nous soumettre, nos yeux
ne se rencontreront jamais, notre
destinée solitaire s'écoulera dans l'é-
loignement l'un de l'autre ; mais nos
âmes ne seront point séparées, nous
mettrons sous la protection du ciel
même, le pur amour dont nos cœurs
resteront pénétrés, et lorsqu'au milieu de leurs ferventes prières, ils
s'élèveront à leur Créateur, c'est-là

qu'ils se rencontreront avec une céleste joie.

Et la mort saura les réunir un
jour, continua Emma d'un ton grave
et solennel.

Oui, ma sœur bien-aimée, la
mort nous réunira dans le séjour
d'une éternelle paix. O Emma ! ce
moment ne s'effacera jamais de notre
mémoire, prends cet anneau comme
un souvenir du frère qui viendra au-
devant de toi, dans le séjour de
l'éternité ; c'étoit un crucifix de l'or
le plus pur ; donne-moi ta main,
mon amie, continua-t-il avec feu,
en le mettant à son doigt, sois ma
promise pour la vie à venir, et que
nos âmes soient à jamais réunies. O
mon Emma! donne aussi à ton ami,
un gage de ta tendresse, quelque

chose que tu aies porté, qui au moins
ait été touché de ta main chérie.

Prends ce voile , répondit-elle ,
en le dégageant des boucles de ses
beaux cheveux blonds , qu'il soit le
signe du lien qui nous unit sur cette
terre ; le Comte le plaça sur son
sein , et tous deux se séparèrent
avec effort. Les jours qui précédè-
rent celui du départ , s'écoulèrent
dans un douloureux silence ; Otto
prit congé avec attendrissement du
bon prêtre , de la respectable Gertrude , tendit la main , en pâlissant,
à sa tremblante Emma ; et s'élançant
sur son cheval , disparut avec ra-
pidité.

Tout reprit bientôt dans la tranquille demeure du vénérable père ,
l'ordre accoutumé que les soins et la

présence du malade avoient inter-
rompu pour quelque temps , tout
fut rétabli dans sa première uniformité ; Emma , la seule Emma n'étoit
plus la même ; le repos qui faisoit
jadis son bonheur avoit disparu sans
retour, tous ses désirs l'entraînoient
vers le cloître , et chaque jour elle
conjuroit sa mère de hâter l'instant
qui devoit l'enchaîner aux autels ;
la bonne Gertrude paroissoit disposée
à la satisfaire ; mais son frère ne vouloit rien précipiter , et sans faire
part de ses motifs , il trouvoit le
moyen de renvoyer sans cesse. Souvent, dans les longues soirées d'hiver,
il considéroit attentivement Emma ,
lorsque la conversation tomboit sur
l'intéressant Otto , sur la possibilité
de le revoir, sur le plus ou moins

de vraisemblance qu'on y trouvoit.
L'hiver se passa insensiblement, et
le retour du printemps, la douceur de
l'air, les belles soirées, le soleil cou-
chant, replacèrent vivement Emma
à l'heureux temps, qui lui paroissoit
comme un point lumineux dans la
sombre uniformité de sa vie; et elle
ne trouvoit de consolation qu'en par-
courant les lieux marqués par de si
doux, si purs, mais si douloureux
souvenirs.

Cependant, une malheureuse étoile
sembloit depuis quelque temps, se
lever sur la famille du seigneur de
Losenstein; son indigne manière de
vivre avoit soulevé tous ses voisins
contre lui; le duc d'Autriche, après
avoir vainement employé les repré-
sentations et les menaces, le déclara

enfin hors de la loi : de tous côtés
il reçut des déclarations de guerres;
ses châteaux les plus éloignés furent
attaqués, et comme il lui étoit impossible de défendre tout à la fois,
il perdit plusieurs de ses possessions.
Les revers ne servirent qu'à le rendre
plus intraitable et plus farouche, et
l'univers entier dût-il s'élever contre
lui, il résolut de ne jamais céder à
ses ennemis. Mais la main du malheur s'appesantit de plus en plus sur
lui ; son fils aîné, qui depuis plusieurs années s'étoit marié contre la
volonté de son père, à une jeune
personne qui joignoit à toutes les
vertus une haute naissance, mais
sans aucune fortune, étoit mort ainsi
que sa jeune épouse, dans les priva-
tions et la douleur, exilé sans pitié

de la maison paternelle. Son second
fils, devenu son unique héritier, perdit
la vie en défendant un des châteaux
de son père, et sa fille qni gouver-
noit toute sa maison, inconsolable
de la perte d'un frère qui possédoit
toutes ses affections, le suivit de près
au tombeau.

Ce cruel vieillard, privé de ses
enfans, entouré de tous côtés d'ennemis implacables, ne mit plus de
bornes à la dureté de son caractère, et ses malheureux alentours,
ne pensoient qu'en tremblant à leur
avenir.

Le vieux Hugo, l'écuyer fidèle
de son coupable maître, qui, élevé
avec lui, étoit le seul qui osât quelquefois se permettre des représen-
tations sur sa conduite, lui rappela

un jour avec émotion , et non sans
plusieurs préambules , qu'il n'étoit
pas si seul sur la terre qu'il croyoit
être , puisqu'il savoit de très-bonne
part , que la fille de son fils aîné
vivoit encore.

Le chevalier Everard l'écoutoit en
silence et d'un air sombre ; Hugo,
surpris de ce qu'on ne lui ordonnoit
pas avec fureur de se taire , en tira
un bon augure , et prenant courage,
il continua ainsi : Elle est douce ,
modeste , pieuse, belle comme les
anges , et pourroit aider Monseigneur dans le gouvernement de sa
maison , le soigner, et...—Silence!
s'écria Losenstein d'une voix de tonnerre , Hugo se tut aussitôt, car il
connoissoit trop bien son maître pour
ne pas obéir.

Au bout de quelques jours, le vieux Chevalier commença ainsi de lui-même : Celle dont tu m'as parlé l'autre jour connoît-elle sa naissance?

Non, Monseigneur, elle n'en a pas la moindre idée, car, madame Gertrude dut jadis promettre à sa mère, sur son lit de mort, d'élever son enfant dans la plus profonde ignorance à cet égard, et de l'éloigner avec soin de tous les siens.

C'est fort heureux pour elle, s'écria le vieillard d'un ton furieux, jamais elle ne doit s'aviser... — Ah! Monseigneur, c'est ce qu'elle ne fera pas, interrompit Hugo avec assurance; Emma est destinée pour le cloître et fera sa profession à la fin de l'automne.

Ainsi se termina cet entretien, que

le Chevalier ne recommença plus de
quelque temps ; cependant le malheur ne se lassoit point de le poursuivre, une perte succédant à l'autre;
et même lorsqu'il parvenoit quelquefois à repousser ses ennemis, il sentoit, de retour dans son château solitaire, qu'il ne pourroit résister
long-temps, à son âge, au vide affreux, au manque de soins et de
société qui augmentoient sa sombre
mélancolie. Il rouloit plusieurs projets dans son imagination, lorsqu'un
jour, appelant auprès de lui le fidèle
Hugo : Ne m'as-tu pas dit un jour,
lui dit-il brusquement, que l'enfant
élevé chez le prêtre, est agréable et
modeste !

Ah Monseigneur ! belle comme
un ange, d'une taille élancée et dé-

licate ; ses cheveux sont blonds et doux comme la soie , et ses yeux de la couleur du ciel.

Et crois-tu qu'elle soit bien élevée? — Il seroit difficile de trouver sa pareille. — Je veux la voir, Hugo, et tu m'accompagneras. Le bon écuyer, intérieurement satisfait d'une résolution, dont il se promettoit d'heureuses suites pour Emma , se prépara avec joie à suivre son maître.

On eut bientôt trouvé un prétexte pour visiter le pieux prêtre , devant la demeure duquel arriva le seigneur de Losenstein , il étoit trop connu dans la contrée, pour que sa présence n'excitât pas le plus grand mouvement. Le prêtre n'étoit point chez lui dans ce moment : mais la bonne Gertrude effrayée , envoya sur le

champ, le fit avertir, et courut
au-devant de la redoutable visite.
Emma, en voyant entrer le chevalier Everard, quitta promptement
sa quenouille, et s'inclina respectueusement devant lui. Quoique tous
ses traits lui rapellassent ceux de
son premier né, il la salua d'un air
de bienveillance et lui adressa plusieurs fois la parole; le prêtre, ne tar-
dant pas à rentrer, la conversation
devint générale, et le seigneur de
Losenstein se retira, sans avoir an-
noncé ses projets ni aux habitans
de cette tranquille demeure, ni
même au fidèle Hugo; mais à peine
fut-il arrivé au château de Claus,
qu'il ordonna à son chapelain de se
rendre le lendemain, muni des
preuves de la naissance d'Emma au-

près de ceux qui l'avoient élevée,
et accompagné d'Hugo, de la ré-
clamer au nom de son grand-père.

Cette nouvelle fut un coup de
foudre pour Emma et ses respectables amis, ceux-ci trouvoient cependant quelque consolation dans
l'idée da la réhabilitation dans tous
ses droits de leur enfant chéri ;
tandis qu'Emma ne considéroit que
le caractère affreux de son grand-
père, sa dureté dénaturée, cause
du malheur de ses infortunés parens,
et le souvenir de tout ce qu'il avoit
dernièrement fait souffrir à son frère
bien-aimé ; mais elle ne voyoit que
trop, que toute résistance étoit inutile, et qu'elle devoit se soumettre
sans murmure à sa triste destinée ;
au bout de trois jours, le seigneur

de Losenstein lui-même, accompagné de tous ses vassaux qui lui for-
moient un brillant cortège, vint en
pompe chercher sa petite-fille, et la
conduisit au château de Claus, où
elle fut reconnue solennellement.

Emma frémit en entrant dans cette
sombre demeure, environnée de rochers et dont l'aspect guerrier et
menaçant étoit une fidèle image
du possesseur de ces tristes lieux,
dans lequel elle ne pouvoit voir que
l'assassin de ses parens et de son
bien-aimé Otto. Le genre de vie du
chevalier Everard n'étoit pas propre
à ramener la tranquillité dans son
âme. De continuelles orgies, au milieu desquelles les acteurs n'avoient
plus la force de se soutenir et qui
finissoient quelquefois par des que-

telles sanglantes, des expéditions in-
fâmes, dont son grand-père reve-
noit chargé de butin, et traînant à
sa suite de malheureux prisonniers
couverts de blessures, révoltoient
et déchiroient son cœur vertueux et
sensible. La conduite dure et sauvage
du maître envers ses serviteurs, et
celle des serviteurs entr'eux, animés
par un tel exemple, rendoient le château de Claus insupportable à la triste
Emma, qui n'avoit d'autre consolation, que celle d'aller chaque matin
entendre une messe que le vieux
chapelain disoit dans la chapelle de
la forêt, où le chevalier Everard,
ne se montroit jamais, car il y avoit
long-temps qu'il avoit secoué tous
les devoirs de religion et d'humanité.

Peu après son installation au châ-

teau , Emma reçut de son grand-
père l'ordre de se faire peindre par
un fameux peintre de Venise , qui
se rendant à Bysance , avoit subi le
sort des victimes du vieux Chevalier,
et reçu peu après une liberté , pour
la rançon de laquelle Losenstein ne
pouvoit se promettre de grandes sommes. Emma se défendit long-temps
contre la volonté de son grand-père;
elle éprouvoit une répugnance invincible à se faire peindre pour un autre
que celui auquel seul , elle eut désiré pouvoir donner son portrait;
mais tout ce qu'elle put gagner à sa
résistance, fut d'obtenir d'être peinte,
non dans le costume d'une divinité
de la fable , ainsi que l'avoit pro-
posé le peintre , mais dans une robe
noire , et couverte du voile qui, aussi

long-temps qu'elle n'avoit pas la permission d'en porter un plus saint,
devoit au moins le lui représenter,
ainsi que le signe de son union avec
le comte d'Andechs. C'est de cette
manière qu'elle fut peinte en effet,
et il existe encore une copie de ce
beau tableau dans le château de
Claus.

O ciel! m'écriai-je dans la plus
grande agitation, voilà donc l'objet de
tous mes songes, de tous mes projets;
et depuis plus de quatre siècles, celle
que j'ai désirée et cherchée avec
tant d'ardeur, repose dans la nuit
des tombeaux, peut-être n'existe-t-
il plus un seul grain de poussière
de sa dépouille mortelle! Ma main
laissa tomber le manuscrit, et je
demeurai long-temps accablé d'une

douloureuse rêverie ; enfin, je revins insensiblement à moi, toutes mes espérances de bonheur sur cette terre étoient détruites ; mais le destin d'Emma m'intéressoit vivement , et je poursuivis ma lecture :

Aussitôt que le portrait fut achevé, le seigneur de Losenstein l'envoya à l'un de ses amis , puissant seigneur en Styrie, dont l'âge et l'extérieur repoussant ne l'empêchèrent nullement de le choisir pour l'époux futur de sa petite fille ; espérant acquérir, par cette union , un appui contre le nombre de ses ennemis qui s'augmentoit sans cesse.

Sans aucun préambule, il annonça durement sa volonté à la malheureuse Emma , lui déclara que son mariage auroit lieu le printemps suivant, et les fiançailles avant le commencement de l'hiver. Emma, tremblante, l'écoutoit avec effroi : mais avec la ferme résolution de résister à sa volonté et de préférer la mort à la nécessité de renoncer au voile et à ses sermens de fidélité au bienaimé de son cœur.

Tandis que le chevalier Everard s'occupoit des préparatifs nécessaires à l'exécution de son projet; un nouvel orage étoit prêt à fondre sur sa tête. Il avoit appris qu'une caravanne considérable de marchands de Nuremberg devoit passer par la Bohême, l'Autriche et la Styrie, pour se rendre chez le Margrave d'Istrie, qui leur avoit commandé des marchandises et envoyé une escorte. L'avidité de l'insatiable vieillard fut vive-

ment excitée , et rassemblant à la
hâte une troupe considérable de gens
armés , il fondit sur la caravanne,
tailla l'escorte en pièces , tua et fit
prisonniers la plupart des marchands ,
et rentra chargé de butin dans son
château. Cette nouvelle, que quelques marchands échappés , appor-
tèrent au Margrave d'Istrie , porta
au plus haut point son indignation
contre un homme que , ni la crainte
de Dieu , ni celle des ennemis dont
il étoit entouré , ne pouvoit faire
renoncer à ses détestables et viles
entreprises ; il rassembla tous ses
nombreux vassaux dans la Styrie ,
et la Carynthie , en forma une redoutable armée , dont il donna le
commandement à son plus jeune
frère , le comte Otto d'Andechs,

et fit au seignenr de Losenstein une déclaration de guerre dans toutes les formes.

Otto saisit avec empressement l'occasion de punir les rapines d'un homme aussi vil , et de venger en même temps l'attentat qu'il avoit jadis commis contre sa personne. À la tête de son armée , il parvint jusqu'aux montagnes de Styrie , et ne vit pas, sans une vive émotion , la pointe aride des rochers aux pieds desquels il croyoit qu'habitoit encore sa chère Emma.

Le chevalier Everard vint à sa rencontre ; mais il fut vivement repousé, une seconde attaque ne lui réussit pas mieux : furieux d'une résistance qu'il na'voit pas prévue de la part d'un ennemi qu'il croyoit sans expé-

rience, il se retira, la rage dans le
cœur, au fond de son château qu'il
pourvut à la hâte de subsistances nécessaires à un siége; l'on fortifia les
côtés foibles, et tout fut préparé pour
une vigoureuse défense.

A la vue de ces grands préparatifs,
le cœur d'Emma s'agitoit et d'espérance et de crainte; tantôt l'idée de
revoir son cher Otto, de lui devoir
peut-être sa délivrance, portoit une
douce émotion dans son âme, et
tantôt, la possibilité qu'il fût réduit
à partager son dur esclavage, la pé-
nétroit du plus mortel effroi.

Cependant, l'armée ennemie s'approchoit; du haut d'une tour où l'a-
voit conduite le fidèle Hugo, le seul
qui possédât sa confiance, elle ob-
servoit la marche rapide, l'éclat des

armes, l'ordre des rangs, le pas
assuré des chevaux, qui sembloient
voler à la victoire; tout excitoit son
admiration. Voilà le comte d'Andechs! s'écria Hugo, en lui montrant un Chevalier couvert de fer
dés pieds à la tête, sur lequel il
croyoit distinguer les armes de sa
maison; et qu'Emma à sa contenance
et à tous ses mouvemens, reconnut
pour son frère bien-aimé.

Le siége commença bientôt avec
activité, ainsi que la résistance; le
chevalier Everard reconnut avec
effroi qu'il avoit affaire à l'adversaire
le plus redoutable; il vit qu'il étoit
l'âme de toute son armée, que son
courage infatigable étoit le gage de
la victoire, et que de sa perte seule
dépendoit le salut du château, et le

destin de toute la guerre. L'idée de
l'avoir mort ou vivant en sa puissance,
d'épuiser sur lui toute la fureur de
sa vengeance, occupoit uniquement
le cruel Everard, qui, à force d'ar-
gent et de trahisons, parvint à savoir
que le comte d'Andechs faisoit chaque matin dans un lieu écarté de la
forêt, les dévotions qu'exigeoit sa
destination future; le plan d'Everard
fut aussitôt formé, et le lendemain
matin, destiné pour surprendre le
pieux Otto au milieu de ses prières,
le seigneur de Losenstein, bien loin
d'imaginer qu'il y eut dans son château quelqu'un qui pût prendre le
moindre intérêt au sort du chef ennemi, détailla, sans contrainte, les
projets à ses confidens, en présence
d'Emma, qui prit sur le champ la

résolution, dût-il lui en coûter la
vie, de sauver son bien-aimé des
tourmens que lui préparoit la vengeance de son implacable grand-
père.

Elle courut à la chapelle, dont
le chemin étoit libre encore, et, pros-
ternée aux pieds des autels, demanda au ciel avec ferveur de l'é-
clairer sur les moyens qu'elle devoit
employer pour sa délivrance; au
moment où elle alloit sortir de la
chapelle, le fils de la pauvre femme
d'un charbonnier qu'elle avoit souvent assistée, se présenta tout-à-
coup à ses yeux, il pleuroit amère-
ment; il lui raconta que sa mère,
malade depuis plusieurs jours, alloit
sucomber à sa misère, et qu'il s'étoit
glissé à travers l'armée ennemie pour

venir implorer d'elle quelques secours. Emma fixa ses regards recon-
noissans vers le ciel , qui venoit de
lui envoyer cet enfant , et son plan
fut arrêté sur le champ. Pourrois-
tu , lui demanda-t-elle vivement ,
parvenir jusqu'au camp du comté
d'Andechs ? — Oh ! rien n'est plus
facile, répondit l'enfant , car le chemin est entièrement libre depuis
notre cabane jusques-là : — Et vou-
drois-tu me rendre un grand , un
très-grand service ? — Oh ! avec
plaisir, s'écria l'enfant. Je passerois
volontiers au milieu des flammes,
pour la noble Dame qui a fait tant
de bien à ma pauvre mère ! — Eh
bien , vas mon enfant , cours au
camp du Comte , fais-toi conduire
jusqu'à lui , remets lui cet anneau,

dit-elle, en tirant le crucifix de son
doigt, mais à lui-même, entends-tu
bien? et dis lui que sa sœur le conjure, au nom du Sauveur, de ne
point aller prier demain, ni les jours
suivans dans la forêt, et de ne jamais
s'éloigner des siens. Prends encore
ceci, ajouta-telle, en détachant un
bracelet d'or de son bras, c'est pour
ta récompense ; vends-le pour secourir ta pauvre mère, et garde le
plus profond silence sur tout ceci ;
l'enfant promit tout, et se mit aussitôt en chemin. Arrivé au camp,
les gardes le conduisirent auprès du
Comte, qui ne fut pas peu surpris
lorsqu'il voulut lui parler en particulier, et lui demanda, avec confiance, s'il étoit véritablement le
comte d'Andechs? Sur sa réponse

affirmative ; je viens, lui dit-il, de
la part de votre sœur. — De ma
sœur ? reprit Otto avec étonnement,
je n'ai point de sœur , mon ami.
L'enfant fronçant le sourcil , et se-
couant la tête d'un air de doute,
eh bien , dit-il, vous n'êtes pas le
comte d'Andechs; car mademoiselle
Emma m'a dit...—Emma ! Emma !
interrompit-il avec vivacité , oui, oui,
tu as raison , j'ai une sœur Emma.
Où est-elle ? Que fait-elle ? parle...
— Vous voyez bien vous - même,
comme vos discours se contrarient,
non, non, vous n'êtes point le Chevalier que je cherche, et en disant
ces mots , il voulut s'échapper
promptement; mais Otto ne lui en
laissa pas la liberté , il sut le con-
vaincre qu'il étoit réellement le chef

de l'armée , et il reçut l'envoi de sa
chère Emma , dont là constante
tendresse le transporta de joie , mais
il ne pouvoit comprendre commeut
elle se trouvoit au château de Claus ,
et fit mille questions à l'enfant, dont
il apprit qu'il n'y avoit que six mois
que mademoiselle Emma habitoit
auprès de son grand-père , qu'elle
n'avoit point su jusques - là qu'elle
étoit sa petite-fille , que sa bonté ,
sa douceur, sa bienfaisance, la faisoient chérir de tous les alentours, et
il lui montra le bracelet qu'elle lui
avoit donné pour secourir sa pauvre
mère : Otto s'en empara vivement ,
en donnant une poignée d'or à l'enfant: le chargea de reporter l'anneau
à Emma , et de lui dire que son
frère Otto la remercioit du fond de

son cœur, et l'assuroit de son obéissance.

Le jour suivant, Emma vit en tremblant le départ de son grand-père et de sa troupe, et courut à la chapelle déposer ses angoisses et sa pieuse résignation dans les mains de son Créateur. La messe étant près de finir, comme elle relevoit sa tête, elle aperçut, à quelques pas d'elle, l'enfant qui lui montroit l'anneau d'un air mystérieux; elle pâlit, et, le prenant vivement par la main, le conduisit hors de la chapelle : Tu ne l'as pas trouvé, s'écria-t-elle avec effroi; parle, malheureux, pourquoi me rapporte-tu cet anneau? — Oh oui, oui, répondit l'enfant, j'ai fait tout ce que vous m'avez ordonné, et il lui raconta ce qu'il avoit dit au

Chevalier, et comment celui ci avoit
baisé l'anneau et pris le bracelet ,
et comment il avoit gardé ce dernier , en le récompensant d'une manière si magnifique. Emma versa des
larmes de joie, c'étoient les premières,
depuis le moment où deux ans auparavant , sa mère d'adoption , après
avoir visité les blessures d'Otto , l'a-
voit déclaré hors de danger. Elle
quitta l'enfant , et , le cœur soulagé
du poids dont il étoit oppressé , elle
retourna au château , où, peu après ,
l'arrivée de son grand-père , et la
colère qu'il ne pouvoit déguiser , lui
prouvèrent que ses conseils avoient
été suivis. Le second , le troisième
jour , Everard ne réussit pas davantage dans son entreprise , et il commença à soupçonner qu'il avoit été

trahi..Cependant, les assiégeans re-
doublèrent, d'efforts, et bientôt il ne
fut plus possible au seigneur de Losenstein d'épier son ennemi dans la
forêt, tant il se trouva resserré de
tous côtés; les murs étoient ébranlés
et fort endommagés par les fréquens
assauts, les provisions ne suffisoient
plus, le Margrave venoit d'envoyer
un nouveau renfort à son frère, et
le cruel Everard voyoit avec fureur sa ruine entière, ou tout au
moins l'humiliation de se rendre
comme inévitable. Déjà l'on parloit
d'une attaque générale, qui seroit
vraisemblablement la dernière; de
redoutables machines de guerre entouroient le château, tout étoit prêt
pour sa ruine certaine, lorsqu'un
hérault, portant les couleurs de la

maison d'Andechs , se fit annoncer ,
au son des trompettes, devant la porte,
extérieure, et, de la part de son chef,
le comte Otto , proposa au seigneur
de Losenstein une sûre retraite , la
permission d'emporter tous ses tré-
sors , et la promesse d'une escorte
jusqu'à celui de ses châteaux où il
voudroit se retirer , avec les seules
conditions d'évacuer , au plutôt , le
château de Claus , qui devoit être
rasé , de jurer la paix au duc d'Autriche et au Margrave d'Istrie , qui
lui laisseroient tous ses biens , sans
autre condition , que le droit de
tenir une garnison dans ceux de ses
châteaux qu'ils désigneroient.

L'étonnement d'Everard fut à son
comble , à l'ouïe d'une proposition
que l'amour d'Otto pour Emma , et

le désir de la soustraire aux horreurs
d'un siége lui avoient seuls dictées.
La confusion, la colère, la méfiance
l'agitoient tour-à-tour; tant de ménagement, après des progrès qui
pouvoient justifier les espérances les
plus téméraires, au moment où la
forteresse étoit réduite à la dernière
extrémité, à l'arrivée d'un renfort
considérable, lui paroissoit si sus-
pect, qu'il conçut l'idée, ou que la
situation de l'ennemi n'étoit pas si
avantageuse qu'on le craignoit au
château, ou qu'il devoit avoir un but
caché, qui ne pouvoit lui être que
défavorable.

D'après ce jugement, il renvoya
le hérault chargé du refus le plus
offensant, fit travailler sans relâche
aux fortifications, et surveilla tous

ses gens, avec sévérité, pour chercher à découvrir le traître qu'il
soupçonnoit sans pouvoir le connoître.

En apprenant les propositious
d'Otto, Emma comprit quelle avoit
été son intention ; et se sentit pénétrée de la plus vive reconnoissance,
et, quoique rassurée par l'ignorance
de son grand-père sur ses rapports
avec son ennemi, elle ne voyoit pas
arriver sans angoisse le moment qui
alloit décider de sa destinée. Le bruit
des travaux qu'on faisoit toute la
nuit, à la clarté des flambeaux,
retentissoit de tous côtés ; tout le
camp ennemi étoit aussi en mouvement, et l'on reconnoissoit, non
sans effroi, que le lendemain dé-
cideroit du sort de cette guerre.

Tom. IV. 6

Emma fut chargée, par son grand-
père, de porter des bijoux précieux
et d'importans papiers dans les sou-
terrains où les innocentes victimes
de sa cruauté avoient plus d'une
fois souffert une mort pleine de
tortures ; on pouvoit voir encore les
traces de ces affreux assassinats, dans
le réduit étroit où Everard, un flambeau à la main, guidoit lui-même la
tremblante Emma. C'eût été la demeure d'Otto , pensoit-elle en elle-
même , si l'insigne projet formé
contre lui avoit trouvé son accom-
plissement, et, pénétrée d'horreur ,
elle frémissoit à cette seule idée ,
lorsqu'un domestique , qui parut au
haut de la balustrade de l'escalier ,
appelant son maître à haute voix ,
l'avertit qu'on venoit de lui amener

un enfant, que, depuis le soir précédent, on avoit vu roder autour des murs du château, et surpris au moment où il se glissoit pour y pénétrer par une porte de derrière. A ces mots, Emma glacée d'effroi, tomba évanouie ; Everard, frappé de cet événement, la porta, aidé de son serviteur, hors du souterrain, en la fixant d'un air sombre. L'enfant fut amené, questionné, et comme on n'en put tirer aucun éclaircissement, ni par la douceur, ni par les menaces, le cruel Everard lui fit souffrir des tourmens, qui lui arrachèrent enfin l'aveu qu'il avoit été chargé par le comte d'Andechs, de rassurer mademoiselle Emma sur son sort et celui de son grand-père.

Emma fut appelée, et son inter-

rogatoire fut court : car elle ne pouvoit ni ne vouloit déguiser la vérité ;
elle avoua d'une voix ferme et son
amour pour Otto , et la manière
dont elle l'avoit rencontré , et la
part qu'elle avoit eue à sa délivrance;
ses espérances n'étoient point de ce
monde , ajouta-t-elle , et quoique la
nature ne pût perdre ses droits , et
que la perspective d'une captivité
ou d'une fin cruelle , la fît tressaillir
d'effroi , l'idée que la mort la réu-
niroit à l'objet de toutes ses affections ranima insensiblement ses
forces et son courage. La fureur
d'Everard ne connut plus de bornes
en écoutant sa petite-fille, qu'il fit
charger de chaînes et conduire dans
le même souterrain , où le plus
sombre pressentiment l'avoit fait fré-

mir, quelques heures auparavant; la
tête du malheureux enfant expiré au
milieu des souffrances, fut jetée dans
les rangs ennemis; Otto tressaillit à
cette nouvelle, un froid mortel parcourut ses veines, à l'idée du danger
de sa bien-aimée. Devoit-il la venger?
Pouvoit-il espérer de la sauver encore? Il donna précipitamment l'ordre de l'assaut, ses fidèles soldats
se jettèrent de tous côtés sur le château; semblable au torrent fougueux
qui entraîne tout sur son passage,
rien ne résistoit à la marche rapide
d'Otto; suivi des siens, il s'élance
sur la brèche des murailles ébranlées
par la force des machines dirigées
contr'elles; aucune résistance ne
l'arrête, tout fuit devant lui, et déjà
les couleurs de la maison d'Andechs

flottent sur les remparts du château qu'habite l'infortunée Emma;
Everard reconnoît, la rage dans le
cœur, qu'il s'est trompé dans les or-
gueilleuses espérances qu'avoit élevées
dans son cœur la proposition des
jours précédens; il voit que tout est
perdu, et qu'il ne lui reste d'autre
parti que de s'abandonner à la dis-
crétion de l'ennemi, ou de prendre
une résolution désespérée, qui puisse
assouvir la soif de vengeance qui le
dévore, et faire payer cher la victoire à son ennemi triomphant. Il ras-
semble les tristes restes de ses guerriers, fait sortir Emma de sa sombre
demeure, ordonne une sortie du côté
du fleuve, fait ouvrir la porte bar-
ricadée, et, tenant d'une main la
tremblante Emma, de l'autre l'é-

tendard de sa maison, il se précipite,
comme un furieux, au milieu des
rangs ennemis ; les troupes d'Andechs l'entourent et font avertir le
Comte, qui se précipite de ce côté,
à la vue d'Emma à demi morte, au
milieu des guerriers d'Everard; mais
à peine celui-ci l'a-t-il aperçu, que,
remettant son étendard à l'un des
siens, et saisissant son sabre, il se
fait un passage jusqu'au bord du
fleuve, et, depuis l'immense rocher
qui le domine, précipite l'infortunée
Emma dans les flots écumeux du
torrent, s'enfonce lui-même au milieu d'un gros d'ennemis où il trouve
bientôt la mort; un petit nombre
des siens lui survit, et le comte
d'Andechs est entièrement maître
du château.

Mais c'est ce que lui-même ignoroit encore ; car la possibilité de
sauver Emma, étoit la seule idée
dont il fût capable de s'occuper : au
péril de sa vie, accompagné de deux
fidèles écuyers, il franchit le rocher
qui le sépare des bords du fleuve,
qui entraînoit rapidement sa victime ;
il l'aperçoit enfin, arrêtée par les
rochers saillans, qui ressortent de
toutes parts entre les eaux écumantes;
il vole à elle, et voit avec effroi qu'elle
respiroit à peine ; il emporte ce doux
fardeau dans ses bras, jusques sur la
rive, où il la dépose sur le gazon
à ses pieds ; soutenant sur son cœur
sa tête appesantie, il cherche tout ce
qui pourroit la rappeler à la vie, il
étanche le sang qui s'échappoit en
abondance de son sein meurtri, avec

le voile chéri qui ne l'a jamais quitté;
il l'appelle en gémissant des noms
les plus tendres; elle ouvre enfin les
yeux, le reconnoît, et, sans pouvoir
prononcer un seul mot, soulève sa
main avec effort, et porte à ses lèvres
l'anneau sacré qu'elle reçut de lui;
Otto s'empresse de l'ôter de son
doigt, et, le tenant devant ses yeux
déjà couverts des ombres de la mort,
prononce en tremblant une fervente
prière; Emma le fixe avec la plus
tendre reconnoissance et d'une main
pressant le crucifix, de l'autre
celle d'Otto contre son cœur, elle
pousse un profond soupir......et
c'étoit le dernier. Le malheureux
Comte ferma les yeux, et demeura
privé de tout sentiment, près de
la dépouille mortelle de sa bien-
aimée.

6*

Les cris répétés de la victoire, la
joie tumultueuse de ses guerriers,
le tirèrent de cet état d'anéantisse-
ment ; on venoit le chercher pour
faire son entrée triomphante, il se
releva avec effort ; la pâleur de la
mort couvroit son visage, il fit signe
à ses gens de transporter au château
le corps de son Emma, et le suivit
sans prononcer un seul mot ; dans
cette muette douleur, il resta près
de ce corps inanimé pendant trois
jours, au bout desquels il donna
ses ordres, pour qu'on rendît avec
pompe les derniers devoirs à celle
qu'il avoit si tendrement aimée ;
après cette lugubre cérémonie, il
s'éloigna du funeste théâtre de son
malheur, plongé de nouveau dans
le plus profond accablement.

Ce ne fut qu'au bout de plusieurs
mois , qu'à la grande satisfaction des
siens , il rompit enfin ce sombre silence ; mais jamais on ne vit plus
le moindre sourire animer sa belle
physionomie , et il s'empressa de
prononcer les vœux qui le lièrent à
jamais à la vie ecclésiastique.

Par sa sévérité envers lui-même,
son indulgence inépuisable envers les
autres, sa piété exemplaire, ses courses
infatigables pour le bien de l'Eglise,
il parvint rapidement aux dignités les
plus élevées , et fut enfin nommé à
l'Evêché de Bamberg. Au nombre
des établissemens, dons et fondations
de tous genres , qui lui acquirent le
surnom de *bienfaisant* , se distingua
l'hospice destiné aux pélerins qui se
rendoient à la Terre-Sainte , qu'il fit

bâtir à la même place où se trouvoit jadis la demeure du vénérable prêtre, en mémoire des soins qu'il avoit alors reçus de l'objet de toutes ses affections.

Lorsque, dans la suite, le passage des pélerins devint plus rare, cet hospice, tout en conservant son nom, changea de destination, et devint l'asile de vénérables ecclésiastiques, qui, habitant la place qui fut jadis témoin du bonheur innocent et pur de leur fondateur, s'occupent à prier pour le repos de son âme et de celle de sa sœur chérie.

Ici finissoit le manuscrit, une profonde mélancolie s'étoit emparée de tout mon être, la malheureuse destinée de ces infortunés, la singularité de la mienne, se lioient telle-

ment ensemble dans mon imagination, enveloppée de sombres nuages,
que je croyois voir leurs ombres dé-
livrées, errer sans cesse autour de
moi, tandis qu'encore en proie aux
pesantes chaînes de l'existence, je
leur tendois les bras comme pour
leur demander de m'appeler à eux.

Pendant plusieurs jours, il me
fut impossible de m'entretenir avec
le père bibliothécaire de cette inté-
ressante histoire, mais, lorsque re-
venu plus calme, je fus en état de
le questionner à cet égard, j'appris
que le duc d'Autriche avoit donné le
château de Claus et tous les biens
du chevalier Everard de Losenstein
à un parent du même nom, et que
de cette branche étoit descendu mon
grand-père maternel.

De singuliers bruits qui se faisoient
entendre la nuit dans les appartemens habités jadis par le seigneur de
Losenstein, des gémissemens, d'effrayantes apparitions, engagèrent ses
successeurs à quitter entièrement
cette partie du château, et à en bâtir
un nouveau, qu'occupe encore actuellement le nouveau possesseur.

Ces dernières informations m'ex-
pliquèrent clairement ce qui m'étoit
arrivé pendant la nuit que j'y avais
passée jadis; mais je gardai le silence,
et, aussitôt que mes forces me le
permirent, sous le prétexte de faire
une visite au seigneur de Claus, je
m'y rendis, et me fis conduire dans
toutes les parties du vieux château;
je remarquai chaque place devenue
sacrée pour moi, par le souvenir

de l'ange qui les avoit habitées, et
j'obtins, ce qui avoit été le princi-
pal but de mon voyage, la permission de faire prendre une copie du
portrait qui avoit eu autant d'influence
sur ma destinée; possesseur de cet
inestimable trésor, je retournai dans
l'hospice de Pyhrn où je vécus encore quelque temps, accablé de la
plus profonde mélancolie. La sombre
disposition, dont je ne pouvois réussir
à me délivrer, me prouva qu'il n'y
avoit plus aucun bonheur pour moi
à espérer sur cette terre. L'exemple
du pieux Évêque de Bamberg, qui
recouvra le repos et la guérison dans
le sein de l'Église, m'engagea fortement à l'imiter, à consacrer mes jours
à l'état ecclésiastique, et à finir ma
triste carrière dans les mêmes lieux

où plusieurs siècles auparavant la
douce Emma, l'objet de tous les
songes de mon imagination, avoit
passé les tranquilles jours de sa jeunesse. Quoique les pieux moines
fussent très-satisfaits de ma résolution, ils exigèrent que je prisse le
temps nécessaire pour réfléchir mû-
rement sur un pareil projet, dont ils
me représentèrent toute l'impor-
tance, ainsi que la sévérité des nouveaux devoirs que je voulois m'im-
poser ; mais j'étais tellement déter-
miné, qu'aucune considération ne
fut capable de m'ébranler, et deux
ans après ma retraite dans l'Hospice, je prononçai les vœux qui m'y
fixoient à jamais. Plus de trente ans
se sont écoulés depuis lors, sans que
j'aye éprouvé un seul instant de re-

gret, d'avoir ainsi disposé de ma
destinée ; bien loin de là : c'est seulement depuis le moment qui me
consacroit aux autels, que je commençai à goûter une paix que je
n'avais jamais trouvée dans le monde ;
mes douleurs physiques se calmèrent
aussi peu à peu, je m'accoutumai insensiblement à l'âpreté de ces climats,
et je sentis, avec de pieux transports,
les grâces dont le Ciel me combloit,
en apprenant, par une voie dont il
ne m'est pas permis de parler, qu'il
n'avoit point dédaigné le sacrifice
que j'avais offert au repos des âmes
inquiètes et malheureuses, que la
tranquillité habite de nouveau dans
les ruines du château de Claüs, et
que les bienheureux jouissent sans
mélange de la récompense due à

leurs souffrances et à leurs héroïques vertus.

Je vois avec une douce joie s'approcher le moment qui doit me réunir à eux, et me faire partager les célestes jouissances, dont l'espoir les soutenoit sans cesse au milieu des dures épreuves de cette vie.

LES PREMIERS AMOURS
DE CHARLEMAGNE. (1)

LES histoires les plus anciennes,
les poésies de jadis, même les mo-
numens et les débris des siècles pas-
sés, nous parlent de l'attachement
particulier que Charlemagne portoit
à la ville d'Aix-la-Chapelle. C'étoit
sa résidence favorite ; c'est de là qu'il
fit ses voyages dans cet empire dont
ses victoires étendirent si loin les
limites ; c'est-là qu'il retournoit,
lorsque, fatigué de ses nombreux
exploits, il venoit jouir, au sein de

(1) Le fond de cette histoire a été tiré
du *Sci Giornate* de Sebastiano Erizzo.

sa famille, et dans l'entretien des Troubadours et des savans de son temps, des douceurs d'un court repos ; c'est encore là que reposent ses cendres : là furent conservés, pendant des siècles, les ornemens impériaux et les bijoux de l'empire ; plusieurs de ses successeurs y reçurent la couronne d'Allemagne, et la vieille ville d'Aix est restée jusqu'à nos jours un monument vénérable d'antiquité, une espèce de représentant de l'empire d'Allemagne, autour duquel semblent errer encore les mânes du grand Charlemagne.

Ce n'est pas par les charmes particuliers du local, qu'on pourroit expliquer la prédilection de ce Monarque pour un lieu qui n'a absolument rien de remarquable ; on ne

peut pas davantage l'attribuer aux
bains, dont on se servoit déjà sous
les Romains : car il n'est pas probable
que ce vigoureux héros, que le luxe
n'énerva jamais, dont les courses et
les expéditions lointaines contri-
buoient encore à augmenter la force,
eût besoin d'avoir recours à ces eaux
bienfaisantes; l'inclination de l'Empereur pour la ville d'Aix, provenoit
de causes bien différentes, et nous
verrons quels liens chers et secrets
l'attachoient si fortement à ce lieu.

Childéric, le dernier roi de la dy-
nastie des Mérovingiens, fut détrôné,
soit par une direction particulière de
la Providence, soit par le pouvoir
excessif qu'il avoit laissé prendre à
Charles Martel son Majordome. L'empire fut conquis par lui et ses fils,

et remis à ses deux derniers, Pepin
et Carlomann, dont les mains fer-
mes et toute-puissantes, le diri-
geoient avec ordre et sagesse, et
savoient contenir dans l'obéissance,
non-seulement les Francs, mais encore les Ducs d'Allemagne, qui ne
supportoient pas sans doute sans un
violent dépit la souveraineté de ceux
qui n'étoient jadis qu'officiers de la
maison de leur Roi.

Carlomann renonça bientôt après
au trône, et se retira dans la solitude de Montecassino, où il vecut
jusqu'à sa mort, comme un simple
Bénédicti. Tandis que Pépin con-
tinuoit à diriger sagement son vaste
empire, et voyoit, avec transport, se
développer chaque jour les brillantes
qualités de son jeune fils, dont il
concevoit les plus belles espérances,

Ce fut dans ce temps que parut
soudain en France le Saint Père lui-
même, cherchant à obtenir, par ses
prières, du pieux et puissant roi des
Francs, protection et secours contre
Aistulph, roi des Lombards, qui,
après s'être emparé des plus belles
possessions du patrimoine de Saint
Père, laissoit voir assez clairement
le dessein de pousser ses conquêtes
jusqu'à Rome même. Pepin reçut le
Saint Père avec toute la vénération
qu'inspirait une pareille visite; et
ce fut avec joie qu'il accepta la
proposition de paroître comme le
protecteur de l'Eglise affligée, et
d'armer toutes les forces de son vaste
empire contre le féroce roi des Lombards. Le jeune cœur de Charles
jouissoit avec transport de l'idée que

l'occasion alloit enfin se présenter où
il pourroit essayer son épée, et montrer à un père respecté qu'il savoit la
manier , non - seulement dans les
jeux et les tournois , mais encore
dans les combats d'un genre plus
sérieux.

· Ce ne fut pas sans inquiétude
qu'Aistulph apprit les préparatifs de
guerre que faisoit Pepin contre lui ;
et , frémissant à l'idée de se mesurer
contre le puissant roi des Francs ,
il fit appeler auprès de lui Carlomann
de Montecassino , le pria d'aller en
France comme médiateur et pacifi-
cateur, et, pour garantie d'une so-
lide paix , d'offrir pour Charles , en
mariage , sa fille unique , la sédui-
sante Floribelle , dont les charmes ,
au - dessus de toute description ,

avoient porté sa réputation bien au-
delà des Etats de son père.

Carlomann quitta Pavie, après
avoir promis obéissance au Roi,
dont il étoit devenu le sujet ; mais
son cœur étoit loin de s'accorder
avec sa promesse, et ce n'étoit qu'a-
vec horreur qu'il envisageoit une
union entre son neveu et Floribelle.
Cependant, fidèle au devoir claus-
tral, il s'acquitta fidèlement de son
ambassade; il conseilla, pria, comme
si sa volonté eût été d'accord avec
celle d'Aistulph, et ce ne fut qu'a-
près avoir reconnu que son frère
étoit inébranlable dans ses refus,
après avoir entendu la déclaration
du jeune Charles, qui ne montroit
aucun désir d'être uni à l'orgueilleuse
Lombarde, que Carlomann, trans-

porté de joie d'avoir satisfait à sa
promesse et à sa conscience, em-
brassa tendrement son frère et son
neveu, et, les remerciant de leur
courage et de leur fidélité au Saint
Père, reprit tranquillement le chemin de l'Italie et de sa cellule.

Cependant Pepin et son armée
avoient déjà traversé les Alpes, et
campoient devant Pavie. Charles,
dans la fleur de la première jeunesse,
d'un caractère vif et gai, n'avoit jamais pensé qu'à des faits d'armes, à
la guerre et à la gloire ; jamais un
sentiment plus doux n'avoit fait pal-
piter son cœur. Pendant le siège,
dont la courageuse résistance des
assiégés augmentoit la durée, le
jeune Prince parcouroit les environs,
tantôt pour des expéditions militai-

res, tantôt pour le seul divertisse-
ment de la chasse.

Dans une de ces courses, où il
n'étoit accompagné que d'un écuyer,
il s'éloigna du camp plus qu'à l'ordinaire, et ayant rencontré une troupe
d'ennemis, il ne put résister au désir
de les combattre. Le chef écouta
avec mépris un défi semblable, et se
promit, pour récompenser tant de
témérité, de l'envoyer dans l'éternel repos; mais il fut trompé dans
son attente, car le jeune Prince,
porta ses coups avec une telle
force et tant de circonspection, que
ce que ses ennemis traitoient d'abord
de badinage, devint un combat sérieux, où la plupart perdirent la vie:
cependant Charles, épuisé de fatigue et couvert de blessures, eût

payé cher un si glorieux succès, si quelques paysans, témoins d'un combat aussi extraordinaire, et pénétrés d'admiration pour le jeune héros, ne fussent accourus au camp des Francs, pour les en avertir. Une petite troupe arrive avec précipitation pour sa défense, au moment où, ne pouvant plus se soutenir, il étoit près de tomber de son cheval. Les Italiens prirent la fuite à l'aspect de l'escadron français, qui reconnut, avec une admiration mêlée d'effroi, le fils de leur Roi, dans le généreux inconnu qu'ils venoient de secourir.

Le Prince étoit trop affoibli pour pouvoir être transporté au camp : non loin de là se trouvoit, au fond d'une vallée, une petite maison à demi-cachée entre des oliviers, sous le

toît tranquille de laquelle on pensa que
Charles trouveroit hospitalité et repos. Les Francs tressèrent promple-
ment un brancard avec des branches
d'arbres, où le Prince fut placé avec
précaution, et ce cortège prit lentement le chemin de la vallée ; une
vieille concierge leur ouvrit la porte
de la maison, mais elle haussa les
épaules, lorsqu'elle entendit qu'il
étoit question de la réception d'un
chevalier blessé, en disant que cette
petite ville n'étoit habitée que par
une dame de condition et ses filles:
cependant, au nom du fils du Roi,
frappée de surprise et de respect,
elle courut avertir sa maîtresse. Au
même moment parut une dame âgée,
d'un maintien plein de noblesse, qui
s'empressa de recevoir le fils d'un

Monarque dont la gloire avoit occupé tout l'Occident, et qui actuellement combattoit si généreusement
pour l'Eglise affligée. Charles fut
placé sur une excellente couche, et
sa vénérable hôtesse lui annonça
qu'il alloit être pansé par une personne très-experte dans le traitement des blessures. La porte s'ouvrit,
et deux dames, d'un air majestueux,
belles, quoiqu'ayant passé la première jeunesse, entrèrent avec précaution ; à la couleur foncée de leurs
yeux et de leur chevelure, à leur
maintien altier et noble, et, surtout,
à leur ressemblance avec la maîtresse de la maison, on ne pouvoit
méconnoître ses filles ; elles furent
suivies d'une troisième personne en
habit de religieuse, d'une blancheur

éblouissante ; un long voile blanc
couvroit sa tête, et elle portoit avec
elle tout ce qui étoit nécessaire au
pansement du blessé. Elle s'approcha
lentement, et la vieille dame, l'ayant
priée de commencer son office et
d'ôter son voile, dans la crainte de
gêner ses mouvemens, elle le fit en
silence, et le jeune chevalier vit une
figure de femme, pâle comme la
mort, mais si parfaitement belle, si
délicate, avec de grands yeux bleus si
sérieux et si doux tout ensemble, qu'il
lui sembla n'avoir vu de sa vie une
créature si gracieuse et si touchante.
Une vive rougeur couvrit ses joues,
et son œil se fixa sur les traits sérieux et calmes de la religieuse, qui
n'avoit pas l'air de l'apercevoir. Son
regard évitoit visiblement de ren-

contrer celui du malade ; un léger tremblement s'empara d'elle, lorsqu'elle visita et pansa ses blessures, qui étoient en assez grand nombre, mais si insignifiantes, que ce n'étoit que la perte de sang et la fatigue du combat, qui avoient pu causer cet épuisement.

La religieuse n'avoit pas encore prononcé un seul mot, et poursuivoit son ouvrage d'un air sombre, lorsqu'une des dames lui demanda enfin, ce qu'elle pensoit de l'état du Prince. Il n'y a pas le moindre danger, répondit-elle d'un ton froid, qui paroissoit montrer plus de mécontentement que de satisfaction, le fils de Pepin pourra, dans peu de jours, retourner au camp de son père. Après ce peu de mots, elle se retourna , laissa tomber son voile sur son visage , et quitta l'appartement.

Charles se sentoit irrité de la froideur , de l'humeur même avec lesquelles il étoit traité par une personne qu'il voyoit pour la première fois , et que , par conséquent , il n'avoit jamais offensée ; il sentoit cette mortification d'autant plus profondément , qu'elle étoit causée par celle dont la pâleur , la mélancolie et les traits enchanteurs avoient excité son plus tendre intérêt , et dont la première vue avoit pénétré tout son être d'une impression qu'aucune femme ne lui avoit jamais fait éprouver. Son image étoit constamment devant lui ; son air touchant , sa beauté , sa fierté , sa froideur, l'oc-

7.*

cupoient sans cesse , ainsi que ces mots : *le fils de Pepin*, qu'elle avoit prononcé d'un ton presque dédaigneux, qui lui paroissoit inexplicable.

La dame de la maison et ses filles tâchoient en vain de le distraire par leur conversation : tantôt c'étoient d'agréables récits, tantôt de doux chants accompagnés du luth ; mais le cœur agité du jeune Prince ne s'occupoit que de la religieuse, et il ne put s'empêcher de demander qui étoit cette jeune fille , et si, malgré ses yeux bleus et ses boucles de cheveux blonds, elle pouvoit être d'origine italienne.

Marozia (c'est ainsi que se nommoit la vieille dame) regarda le Prince d'un air irrésolu , et , après

un moment de silence, vóus ne vous
trompez pas, Monseigneur, lui dit-
elle, Engelberta n'est point italienne,
elle est du sang des Francs, d'une
illustre race, et son éducation m'a
été confiée par ses parens.

Engelberta? répéta Charles en lui-
même. Ah ! pensoit-il, elle a, en
effet, la forme et la main secourable
des anges ; mais elle est loin de
leur délicatesse et de leur sensibilité.
Ce nom ne lui sembloit pas inconnu,
et lui rappeloit peu-à-peu une
quantité d'idées et de souvenirs à
demi-effacés. Childéric avec le fils,
qui fut banni, ainsi que lui, dans un
cloître, possédoit encore une fille
très-jeune, dont on avoit perdu tout
indice, et plus Charles y songeoit,
plus il croyoit se rappeler qu'elle

avoit été nommée Engelberta. Cette idée pénétra comme un éclair dans son ame. O ciel ! pensa-t-il tout-à-coup, si cette jeune fille si pâle, si mélancolique étoit la fille de Childéric, si mon père, si moi-même nous étions la cause de son malheur et de sa souffrance, si sa haine étoit mon partage, si la contrainte seule avoit pu l'obliger à soigner son ennemi !

Ces idées l'occupoient sans cesse ; elles irritoient son sang, chassoient le sommeil de ses paupières, et lorsque, le lendemain de bonne heure, Marozia entra dans son appartement, elle le trouva beaucoup plus mal que la veille, et s'empressa d'appeler du secours.

Engelberta arriva en silence ainsi

que le jour précédent ; elle s'approcha lentement du lit du Prince, leva son voile, et Charles ne reconnut pas sans consternation la ressemblance de tous ses traits, avec ceux de la famille royale des Francs. Elle écouta d'un air incrédule le récit que lui fit Marozia de l'état du Prince ; cependant elle se disposoit à lever l'appareil : Laissez cela, Madame, lui dit-il en repoussant respectueusement sa main, mais d'un air sérieux ; je sens, à la vérité, que je suis plus mal, mais le camp de mon père n'est pas si éloigné, et le transport d'ici là, ne me coûtera pas la vie. Engelberta leva ses grands yeux bleus, et, pour la première fois, son regard rencontra celui du malade. Une rougeur subite couvrit ses joues, et, baissant aussitôt les yeux avec embarras : permettez, Chevalier, lui dit-elle d'une voix tremblante, que je visite au moins vos blessures, avant de prendre une résolution qui pourroit vous devenir dangereuse. Charles vouloit encore persister dans ses refus ; mais un second regard d'Engelberta, dont l'expression suppliante le fit tressaillir, lui en ôta le courage, et, cessant de s'y opposer, il se retourna en soupirant.

Elle trouva l'état de ses blessures considérablement empiré ; un tendre sentiment de pitié mouilloit ses yeux, sa main trembloit à l'idée de la douleur qu'elle étoit obligée de causer au malade, et le ton de voix avec lequel elle répondoit aux questions que lui faisoit Marozia sur l'état du

Prince , trahissoit l'émotion intérieure dont elle étoit agitée. Ah ! s'écria Charles , en se retournant vers elle , votre cœur pourroit-il éprouver un sentiment de compassion pour moi? Des larmes s'échappèrent des yeux d'Engelberta. Le Prince, hors de lui , saisit la main secourable qui le soulageoit avec tant de ménagement , leurs regards se rencontrèrent, et sa libératrice oublia qu'elle étoit devant le fils de l'ennemi de sa maison. Ah ! je vous en conjure , dites que vous ne me haïssez pas , répéta Charles une seconde fois avec vivacité. Engelberta fixa sur lui ses grands yeux bleus , et il n'en demanda pas davantage.

En peu de temps, ils s'étoient compris et déclaré le tendre senti-

ment qui maîtrisoit entièrement leurs
jeunes cœurs. Engelberta aimoit le
fils de son ennemi, et, dans l'âme du
Prince, se joignoit à la plus ardente
passion, l'idée de réparer, par l'offre
de sa main et l'élévation d'Engelberta
sur le trône, une partie du tort dont
il ne pouvoit se dissimuler que son
père étoit coupable envers Childéric.

Il étoit entièrement rétabli, et
son retour au camp devenoit nécessaire. Engelberta ne considéroit cette
séparation qu'en tremblant ; Charles
la craignoit moins, parce qu'il y
voyoit le moyen de s'expliquer avec
son père, et de le disposer en faveur
de ses désirs, dont l'accomplisse-
ment lui paroissoit certain ; c'est ce
qu'il cherchoit à persuader à la triste
Engelberta dans l'heure douloureuse

du départ ; il obtint d'elle la promesse de différer l'acceptation du
voile, auquel elle s'étoit destinée ;
il lui jura fidélité éternelle, et reçut
d'elle les mêmes sermens. Mais
combien leur disposition étoit différente ! Engelberta, vouée depuis
long-temps à la douleur, au renon-
cement à soi-même, n'osoit se livrer
à l'espérance : Charles, plein de
confiance et de courage, ne doutoit
de rien, et il lui promit d'être bien
tôt de retour auprès d'elle.

Ce fut avec un vif sentiment de
joie et d'orgueil paternel que Pepin
reçut son fils, auquel il n'oublia cependant pas de faire de sérieuses re-
montrances sur une témérité dont
les suites auroient pu devenir si ter-
ribles. Pendant ce temps, le siége

avoit fait des progrès considérables,
tout étoit en activité; l'arrivée du
vaillant fils de leur Roi, du favori
de toute l'armée, augmentoit encore
la bouillante valeur des Francs, et
Pepin jouissoit d'avance de l'humiliation de l'orgueilleux Aistulph. Charles, le voyant dans cette heureuse
disposition, hazarda de lui découvrir et son amour et ses projets;
mais le front de Pepin s'obscurcit au
seul nom de la fille de son ennemi,
et il fut transporté de la plus violente
colère, en apprenant leurs sermens de
fidélité. Il défendit à son fils, sous
peine de sa malédiction, de penser
davantage à cet amour, et lui fit
assez clairement comprendre que le
sort d'Engelberta dépendoit de son
obéissance.

Charles, trompé dans son attente, n'en resta pas moins inébranlable dans ses sentimens. Il eut l'air de se soumettre aux ordres du Roi, et prit les mesures les plus prudentes et les plus justes pour dérober son secret à ses yeux pénétrans ; il voyoit souvent sa bien-aimée Engelberta ; au tendre cœur de laquelle il épargnoit l'idée du danger qui les menaçoit : il ne lui parloit que d'une résistance légère de la part du Roi, et de l'espérance de pouvoir, avec courage, patience et fidélité, parvenir un jour à son but.

Mais, s'il pouvoit réussir à soustraire son amour à la connoissance du Roi et des Princes alliés, il n'étoit pourtant pas encore assez secret pour échapper aux yeux de la jalousie et à ceux de la belle Floribelle, l'orgueilleuse fille d'Aistulph. Elle n'avoit pas appris sans le plus violent dépit le refus de Pepin, et surtout que Charles, d'accord avec son père, avoit dédaigné une main pour laquelle les plus nobles chevaliers d'Orient et d'Occident sacrifioient sans cesse leur patrie, leur sang, et jusqu'à leur honneur même. Elle jura une haine implacable au Roi des Francs et à son orgueilleux fils, et invita tous les chevaliers attachés à son char, de venger l'indigne outrage fait à sa beauté.

Elle étoit dans cette disposition, lorsque Pepin et son armée parurent devant Pavie, et le Prince des Francs eut à soutenir maints combats avec les chevaliers de la fière Floribelle,

sans qu'aucun d'eux eût pu réussir
à lui faire confesser la supériorité de
ses charmes.

Un jour que, non loin de la
ville, l'armée des Francs faisoit des
évolutions militaires, et que les bril-
lans chevaliers parcouroient les rangs
au galop, la curiosité ou le secret
désir de la vengeance attirèrent Floribelle sur le rempart, où, accom-
pagnée de ses femmes, elle obser-
voit de loin les escadrons ennemis.
Elle avoit auprès d'elle le vieillard
Catenides, grec de naissance, ins-
tituteur de sa jeunesse, et son maître dans toutes les sciences et les
arts, qui rendoient cette nation si
célèbre. L'empereur de Bysance l'a-
voit envoyé dans ce dessein au roi
Aistulph, qui lui confia non-seule-

ment l'éducation de sa fille, mais encore les affaires les plus importantes, dont le rendoient capable et son expérience et sa profonde politique.

Catenides avoit accompagné à Paris, l'ambassade des Lombards, et son œil observateur avoit examiné la cour de Pepin, les Chevaliers, les Princes, leurs mœurs et leur gloire, dont il parloit tantôt avec mépris de ce qu'il nommoit leur rudesse, tantôt avec crainte de tant de force, de simplicité et de vertu. C'est Catenides que choisit la Princesse pour lui nommer les princes et les chevaliers de l'armée qu'elle désiroit connoître.

L'un des plus jeunes d'entr'eux attiroit son attention depuis quelques

instans ; sa physionomie pleine de
charmes, son regard brillant du feu
du courage l'avoient vivement frappée ; elle avoit déjà demandé deux
fois son nom, sans que le vieillard
eût eu l'air de l'entendre : enfin, elle
répéta une troisième fois sa demande
d'un ton qui montroit qu'elle vouloit être obéie. Catenides s'inclina
profondément devant elle : Madame,
lui dit-il, puisque vous l'ordonnez,
apprenez que ce jeune chevalier,
dont la taille, pleine de noblesse,
paroît vous plaire, dont tous les
traits peignent le courage et la valeur, est le fils du Roi lui-même,
ce Carolus, l'idole des Francs, ou
plutôt Charles ; car c'est ainsi que
leur prononciation le désigne.

Floribelle pâlit, et, le moment

d'après, ses joues se couvrirent
d'une rougeur brûlante. Le voilà
donc, se disoit-elle, le fils, l'orgueilleux fils de mon ennemi, le seul
de tout son sexe qui ose me dédai-
gner, le seul qui puisse refuser un
bien pour lequel mille autres-risquent
avec transport leur vie ! Haine ! implacable vengeance ! lui crioit la vanité blessée ; tendresse et pardon,
lui disoit l'amour plus fortement encore. Ses regards suivoient, comme
par enchantement, tous les mouvemens du jeune Prince, et la résolution : *il doit être, il sera à moi,*
n'importe par quel moyen, fut prise
sans retour au fond de son cœur.

C'est sur ces entrefaites qu'arriva le
combat qui occasionna le séjour de
Charles auprès de Marozia. A peine

fut-il de retour au camp, que Floribella
lui envoya un esclave plein de ruse
et d'adresse, qui devoit lui découvrir la victoire qu'il avoit remportée
à son insçu, sur le cœur de la fille de
son ennemi, lui peindre son bonheur et la gloire d'une telle conquê-
te; mais Charles l'écouta sans en
être touché, il fallut même tous les
égards et la politesse dont les chevaliers se faisoient un devoir envers
les dames, pour retenir les transports de sa colère, lorsque l'esclave,
lui montrant un portrait de Floribella, il vit les charmes ardens et
voluptueux, qu'il devoit échanger
contre l'image douce et pure qui
régnoit si souverainement sur son
cœur.

Floribella rougit de fureur et de

honte, en apprenant quelle avoit été
la réception de son confident; mais
l'amour avoit pris sur elle tant d'empire, qu'il vainquit la honte d'entreprendre de nouveaux essais. Elle
sut adroitement disposer son père à
envoyer au camp des Francs les propositions les plus avantageuses; et
comme on savoit que Pepin avoit reçu
la nouvelle que les Vandales et les
Saxons étoient en rumeur aux frontières les plus éloignées de son empire, on ne douta point à Pavie que
ces circonstances décideroient le Roi
à faire une réponse favorable.

Pepin ne paroissoit pas en effet
très-éloigné d'entrer en négociation;
mais Charles déclara fermement qu'il
ne donneroit jamais sa main à Floribella, qu'il étoit prêt à sacrifier son

sang et sa vie pour son père, mais
non à devenir l'instrument et le gage
d'un traité qu'on ne pouvoit accepter sans honte. Le refus de Charles
ayant été soutenu par une ambassade
envoyée de Rome, pour conjurer le
Roi de ne point entrer en négociation avec l'ennemi de l'Eglise, il se
prépara à une nouvelle attaque ; les
propositions d'Aistulph furent reje-
tées, et les travaux du siège, qui
avoient cessé pendant quelques jours,
recommencèrent avec plus d'activité
que jamais.

Floribella avoit des espions trop
sûrs, dans le camp des Francs, pour
ne pas apprendre bientôt que le refus obstiné de Charles, étoit la première cause du renouvellement des
hostilités. Une résistance si opiniâtre,

une froideur si extraordinaire, confondoient la vanité de la Princesse : le
prince des Francs lui paroissoit un
être incompréhensible , lorsqu'elle
apprit enfin sa passion pour la belle
Engelberta. L'orgueil blessé, la jalousie , la vengeance excitèrent dans
son cœur le plus violent orage ; elle
reconnut avec désespoir, que , suivant le cours ordinaire des choses ,
il n'y avoit rien à espérer pour elle ,
et elle résolut, dans sa fureur, de tout
oser, même les actions les plus sa-
crilèges et les plus horribles , pour
satisfaire son amour et son orgueil
humilié.

Pepin connoissoit, aussi bien que
Floribella , le vrai motif du refus
obstiné de son fils, et quoiqu'il n'exi-
geât pas à cet égard son obéissance,

il l'avoit cependant menacé de nouveau du traitement le plus dur, de
sa malédiction même, s'il ne renon-
çoit pas à son fol amour pour la fille
de Childéric : le fier roi des Francs
n'avoit vraisemblablement jamais aimé dans sa jeunesse, ou, peut-être,
il avoit oublié ce qu'on éprouve dans
ce temps de jouissance et de douleur ; mais rien n'étoit capable d'al-
térer l'inclination de Charles pour sa
bien-aimée Engelberta, cette Princesse infortunée, qui supportoit avec
une dignité jointe à une humilité
pieuse, les malheurs d'elle et de sa
maison ; dont une tendre compassion
et ensuite l'amour le plus vif avoient
vaincu dans son cœur les sentimens
de la haine. Ah ! loin de penser à l'a-
bandonner, les menaces, les sermens

de son père, ne produisoient d'autre effet que d'augmenter, s'il étoit possible, la vivacité d'une passion qui s'accordoit tellement avec la justice, qu'il aurait sacrifié sa vie mille fois, plutôt que d'y renoncer.

Il redoubla de précaution pour cacher des visites qui devenoient, chaque jour, plus nécessaires à son bonheur. La maison isolée sous des oliviers étoit devenue le paradis de Charles et de son Engelberta, et les heures qu'il passoit en secret auprès d'elle en doux entretiens, en tendres protestations de l'amour le plus pur et le plus passionné, lui sembloient un avant-goût des jouissances célestes qui l'attendoient un jour dans les chœurs des Anges.

Une mission dont l'avoit chargé

son père, et à laquelle il n'eût voulu
se soustraire à aucun prix, le retenoit depuis quelques jours éloigné
du camp et de son amie ; mais à son
retour, à peine avoit-il fait au Roi
le rapport le plus satisfaisant, qu'il
courut à la forêt des oliviers ; il remit son cheval à son écuyer, et s'a-
vança précipitamment du côté où
Engelberta avoit coutume de venir
à sa rencontre : mais tout étoit dans
le plus profond silence ; il continua
sa marche, et personne ne parut ; il
apercevoit déjà la petite maison à
travers les arbres qui l'ombrageoient,
qu'aucun bruit ne s'étoit fait entendre : il frappe à la porte avec émotion, la vieille concierge se présente,
et son inquiétude redouble à son aspect. Comment se porte Engelberta,

où est-elle ? s'écrie-t-il d'une voix tremblante. La vieille, gardant le silence, le conduit auprès des dames, et celle qu'il cherche n'est point au milieu d'elles. Marozia, à la vue du fils du roi des Francs, se lève, et court le recevoir d'un air consterné ; elle peut à peine articuler ce peu de mots : Ah ! Monseigneur ! Engelberta n'est plus ici. Charles recule en pâlissant : Où donc est-elle ? demanda-t-il d'une voix menaçante. Marozia et ses filles ne répondirent que par leurs larmes. Au nom de Dieu, Madame, continua le Prince, dites-moi ce qui s'est passé, comment Engelberta a-t-elle pu vous quitter, comment a-t-elle pu m'abandonner moi-même ? dit-il douloureusement en s'appuyant contre la porte. Marozia , s'étant calmée peu-à-peu , lui raconta qu'il y avoit quelques jours qu'Engelberta étant allée , suivant sa coutume , sé promener un soir dans la forêt des oliviers , elle l'avoit vainement attendue , et qu'elle ignoroit absolument ce qu'elle étoit devenue ; le seul indice qu'elle eût pu s'en procurer , c'est que des paysans prétendoient avoir vu dans la même nuit plusieurs cavaliers traverser la forêt au galop , que leurs armures étoient étrangères , et que l'un d'eux tenoit en croupe sur son cheval une femme voilée , qui paroissoit se débattre dans ses bras.

Ainsi Engelberta avoit été enlevée. Par qui ? C'est ce que personne ne pouvoit comprendre. Le premier

8*

soupçon de Charles tomba sur son
père ; il gardoit un morne silence.
Mais, se tournant tout-à-coup vers
Marozia , en lui présentant sa main
droite : avec l'aide de Dieu, Madame,
s'écria-t-il , je vous ramenerai Engelberta, ou vous apporterai au moins de
ses nouvelles ; et, quittant vivement la
maison , il se jeta sur son cheval , et
prit le chemin du camp, en s'efforçant
de retenir les pleurs dont il était
suffoqué. Plus il réfléchissoit , moins
il lui paroissoit vraisemblable que son
père pût avoir quelque part à cette
trahison ; car si le Roi eût eu des
soupçons, il auroit pu prendre plutôt des mesures moins violentes , et
plus dignes d'un monarque et d'un
chevalier : cependant Charles , n'ad-
mettant pas cette idée , ne savoit

comment expliquer cet incompréhensible événement, et le vague le
plus accablant se répandoit sur toutes
ses pensées.

A son arrivée au camp, il courut
se présenter au Roi, et lui demanda
avec l'humilité d'un fils, le courage
d'un chevalier et l'angoisse d'un
amant passionné, de lui dire avec
franchise s'il avoit trouvé nécessaire
de faire enlever Engelberta. L'étonnement de Pepin, son indignation,
et le sentiment de pitié sur le sort
de l'infortunée Princesse, qui se peignoient dans ses yeux, convainqui-
rent Charles à l'instant, que son père
n'avoit aucune part à son malheur.
Cependant il lui tendit la main, en
s'écriant : Pardonnez, ô mon père !
mais si vous êtes innocent de l'enlè-

vement de la malheureuse fille de Childéric, mettez votre auguste main dans celle de votre fils. Pepin lui présenta aussitôt la main d'un air plein de noblesse et de franchise, et le jeune homme, pénétré de remords, tomba en pleurant aux pieds de son père, qui l'attira dans ses bras, et le pressa sur son cœur avec téndresse.

Le Roi donna aussitôt les ordres les plus sévères, pour faire chercher les traces du ravisseur de la fille des Francs; car dans tous les lieux occupés par son armée, l'innocence et l'honneur de toute femme devoient être en sureté.

Charles, en proie à la plus vive douleur, ne goûtoit pas un instant de repos; sans cesse occupé à par-

courir toute la contrée, trois jours
s'écoulèrent dans de continuelles recherches sans aucun succès : enfin le
quatrième, plusieurs cavaliers an-
noncèrent qu'ils croyoient avoir dé-
couvert l'objet de tant de perqui-
sitions.

Loin de Pavie, dans le fond d'un
bois épais, se trouvoit un antre redoutable, repaire affreux de serpens
venimeux et d'horribles oiseaux de
nuit de toute espèce, dont les sif-
flemens et les cris lugubres portoient
l'effroi dans l'âme du voyageur, que
la fraîcheur et les ombrages touffus
de ce lieu invitoient quelquefois à s'y
reposer. Peu-à-peu, la terreur qu'il
inspiroit devint si générale, que personne ne se hazardoit plus à s'en
approcher; on se détournoit pour

éviter cette fatale enceinte, où l'on assuroit que des créatures effrayantes punissoient la témérité de ceux qu'une curiosité funeste osoit y conduire. Une ancienne tradition rapportoit, que le fond de cette caverne servoit d'habitation à une redoutable Sorcière ; qu'elle composoit dans ce séjour d'horreur, des poisons qui minoient lentement les sources de la vie, des philtres, où elle faisoit entrer du sang humain, des boucles de cheveux et des charmes de l'espèce la plus horrible : des cadavres mutilés, qu'on apercevoit souvent autour de cette demeure du crime, confirmoient cette croyance, et la justice n'osoit se hazarder à pénétrer dans une enceinte défendue par d'infernales furies, ni se saisir de la cri-

minelle Sorcière qui y faisoit sa
résidence.

C'étoit non loin de cette caverne,
que les cavaliers de Charles avoient
trouvé le corps mort d'une jeune
fille parfaitement belle, vêtue d'habits de religieuse ; ses longs cheveux
étoient coupés d'un côté, ses mains
délicates portoient l'empreinte des
fers dont elles avoient été enchaî-
nées, et la blessure mortelle se trouvoit au-dessus du cœur. Les cavaliers apportoient cet objet, qu'on ne
pouvoit voir sans émotion : mais que
devint le malheureux Prince à cette
fatale vue ! Le plus violent désespoir s'empara de son âme, et il se
précipita sur le corps d'Engelberta;
car c'étoit véritablement cette Princesse infortunée. Le Roi accourut,

pénétré de la plus vive compassion; les Princes de son armée entouroient, dans un respectueux silence, ce groupe lugubre, et montroient, par leur tristesse, à quel point ils partageoint la douleur de leur maître chéri. Le beau corps d'Engelberta fut embeaumé, placé sur un lit de parade, entouré de cierges et de prêtres pieux, qui adressoient au ciel des prières pour le repos de l'âme de cette innocente victime, et le lendemain, elle fut enterrée dans l'église du couvent le plus prochain, avec toute la pompe et la solennité dues à sa haute naissance.

Charles avoit suivi le convoi funèbre et paroissoit entièrement accablé de sa douleur; son morne silence, l'expression de ses sombres

regards déchiroient le cœur de son
père, qui fut obligé d'employer les
plus grands efforts pour l'engager à
s'éloigner du tombeau dans lequel
reposoit pour toujours ce qu'il avoit
eu de plus cher au monde ; mais à
peine fut-il arrivé au camp, qu'un
sentiment incompréhensible et nouveau s'empara de tout son être ; un
désir ardent, une force irrésistible
l'attiroit vers les murs de Pavie, et
lui persuadoit que c'étoit-là que le
bonheur l'attendoit, sans qu'il pût
s'expliquer à lui-même le pouvoir
inexprimable et miraculeux dont il
se sentoit subjugué. Il lui sembloit
quelquefois, que s'il n'avoit pas vu
lui-même son Engelberta dans les
bras de la mort, il croiroit que sa
perte n'étoit qu'une illusion, qu'elle

se trouvoit à Pavie, et que c'étoit le
pouvoir de l'amour qui l'y attiroit
avec tant de violence.

Deux jours se passèrent ainsi dans
une attente énigmatique, dont les
occupations du camp, les combats
et les dangers du siège pouvoient
à peine calmer l'inquiétude dans
l'âme du Prince; mais le troisième,
étant assis devant sa tente, absorbé
par les plus profondes rêveries, il
aperçut tout-à-coup briller quelque
chose sur la terre, il le relève, c'étoit
le portrait d'une très-belle femme;
il le regarde de plus près, et reconnoît celui de Floribella, qu'il avoit
déjà eu dans les mains, et qu'il s'i-
maginoit avoir rendu à la Princesse.
Un éclair pénétra rapidement son
âme, il se comprenoit entièrement;

c'étoit-là l'objet de ce désir incompréhensible, le but de ses souhaits, de ses efforts ; il aimoit Floribella avec passion, il falloit se rendre auprès d'elle, la voir, lui déclarer sa brûlante flamme ou mourir.

Lorsque la première ardeur de son ivresse fut calmée ; il tomba dans la plus sombre rêverie, il étoit oppressé par un sentiment plein d'amertume, et s'indignoit contre l'inconstance de son cœur et la trahison dont il se rendoit coupable envers la mémoire de sa bien-aimée Engelberta. Hélas ! il lui sembloit cependant qu'elle lui étoit plus chère que jamais ; cet amour ardent se mêloit de la manière la plus singulière avec le désir qui l'entraînoit vers sa nouvelle amie, et, dans son imagination

bouleversée, Engelberta et Floribella se confondoient d'une manière
incompréhensible.

Néanmoins, la rougeur de la
honte couvroit son visage, tout son
être lui paroissoit une énigme, une
énigme horrible dont il frémissoit
en s'indignant contre lui-même, et,
cherchant à cacher à tous les yeux,
la honteuse foiblesse avec laquelle
il avoit été capable de changer en
si peu de temps, l'amour le plus
tendre pour un ange de pureté,
contre une flamme dévorante pour
un être qui quelques jours plus tôt ne
lui inspiroit que mépris et dégoût;
il gémissoit, s'irritoit l'instant d'après,
contre une contradiction si extraordinaire; mais rien n'avoit le pouvoir
de vaincre le désir ardent qui l'attiroit vers Floribella.

Sur ces entrefaites, Pavie devenoit chaque jour plus foible, la famine, les maladies contagieuses commençoient à s'y faire sentir, et Aistulph, voyant qu'il n'avoit plus aucune espérance de secours, se décida enfin à accepter les dures conditions du roi Pépin, et de rendre tout ce qu'il avoit ôté au Saint Père. Le roi des Francs n'avoit jamais rien exigé pour lui-même, ainsi les propositions des envoyés Lombards eurent son entière approbation, le traité fut signé, les portes de la ville s'ouvrirent, et Aistulph, lui-même, accompagné de la belle Floribella, et des grands de sa cour, se rendit avec la plus grande pompe au camp des Francs, pour complimenter son vainqueur. Charles vit enfin l'objet de sa passion, et , n'écoutant aucune considération, fut entraîné vers elle , par un mouvement irrésistible. Floribella , qui brûloit pour le fils de son ennemi, lui fit bientôt deviner et par ses regards et par ses paroles, à quel point elle partageoit son ardeur ; tous deux furent convaincus en un instant de l'empire que l'amour exerçoit sur l'un et sur l'autre ; l'orgueilleuse Floribella , avec ivresse, avec l'arrogance de la vanité satisfaite ; le malheureux Charles, avec l'amertume et la honte des remords. Eloigné de la Princesse, il étoit consumé du désir de la revoir ; l'approchoit-il , une indifférence invincible, une sorte d'aversion le repoussoit aussitôt et bannissoit de leurs entretiens toute tendresse , tout épanchement de cœur. Ce n'étoit

plus ce doux accord des âmes qu'il
avoit éprouvé auprès de sa bien-
aimée Engelberta ; ce n'étoit plus
cette confiance, ce penchant plein
de charmes, qui près d'elle lui faisoit
pressentir le bonheur des anges, ces
tendres regards, où sans rien se dire
ils s'étoient si bien compris; hélas !
cette félicité si pure avoit disparu ;
une flamme dévorante consumoit l'infortuné Prince, l'enchaînoit auprès
de Floribella, lui ôtoit la force de
fuir, se peignoit dans ses regards
brûlans de volupté, et ses lèvres se
refusoient à exprimer le sentiment
que la fière Princesse avoit attendu
de lui. Charles le sentoit, et cette
incompréhensible passion, le re-
pentir de son inconstance, joints
au sentiment sombre et secret qui

le ramenoit sans cesse avec un douloureux pouvoir au souvenir de son
Engelberta ; rendoient son âme la
proie de puissances contraires , qui
se combattoient continuellement.

Cependant, Floribella triomphoit
d'avoir enfin remporté la victoire,
de tenir Charles dans ses chaînes ;
et de l'espoir de l'amener à un
mariage , qui , l'attachant à elle par
des liens indissolubles devant l'u-
nivers, la placeroit sur le trône des
Francs.

Mais Pepin, que le nouvel amour
de son fils avoit transporté de colère,
devint un puissant obstacle à ce projet.
Aistulph et sa fille , sa cour et en général les mœurs des Italiens avoient
souverainement déplu au Roi , et ce
qu'il n'avoit point accepté par res-

pect pour le Saint Siège , il le refusa
maintenant par sa propre répugnance.
Peu après , il quitta Pavie avec son
armée et son fils , espérant qu'un
amour si prompt et si imprévu , ne
seroit pas à l'épreuve du temps et
de l'éloignement. Mais il ignoroit le
genre de cet amour, et l'artifice de
celle qui l'avait fait naître ; il ignoroit
que Charles ne pouvoit vivre sans
Floribelle , et que cette Princesse
étoit loin d'avoir renoncé au projet
de posséder un jour sa couronne.

Instruit à feindre, par la fille d'Aistulph , le Prince suivit son père à
l'armée sans la moindre résistance ;
pas une seule plainte ne sortit de sa
bouche ; mais le troisième jour de
marche , un charmant petit Maure
se trouvant à la suite , sa gentillesse,

ses manières adroites faisoient l'admiration de tous les soldats, et sa
réputation étant venue jusqu'aux
oreilles de Charles, il l'attacha aussitôt à son service. Sous ce déguise-
ment, Floribelle accompagna son
amant en Allemagne, et sut par mille
artifices détourner les soupçons et
du Roi et des courtisans. Arrivés à
Aix - la - Chapelle , Charles la conduisit dans une maison, dont la maîtresse lui étoit dévouée; là Floribelle reprit les habits qui conve-
noient à son sexe et à son rang, et
cette singulière intrigue continua
ainsi pendant quelque temps.

Mais le triomphe de la Princesse
ne fut pas de longue durée ; sa santé
s'altéra, elle dépérissoit visiblement,
sans que personne fut capable de

trouver la vraie cause de sa maladie ;
Charles au désespoir, l'attribuoit aux
incommodités du voyage et au climat
trop rude pour la délicatesse d'un
tempérament du midi. Sa douleur,
les secours de tout genre qu'il lui
prodiguoit, tout fut inutile, rien
n'eut le pouvoir de prolonger le
cours d'une vie qui s'évanouissoit
comme un songe. Les plaintes de
l'infortunée Floribelle, qui se voyoit
mourir à la fleur de l'âge et de la
beauté, se changèrent en désespoir,
à l'aspect de la mort ; sa violence,
ses fureurs, une révolte farouche
contre le ciel, éloignoient d'elle le
pieux Charles, avec autant de force,
que d'un autre côté une inclination
inexplicable le ramenoit sans cesse à
cet objet de tout son amour, quoi-

que méconnoissable , fané et sans
aucune trace des attraits dont elle
étoit si vaine. Enfin , la mort prit
pitié de Floribelle et mit fin à ses
souffrances ; mais sans pouvoir dis-
soudre dans le cœur de Charles , le
lien puissant de cet amour. Enchaîné
auprès de son corps, avec la même
ardeur que lorsqu'il étoit animé par
la vie, il le fit embaumer avec les par-
fums les plus précieux , parer de tous
les ornemens royaux, et il passoit les
jours et les nuits, assis devant ce cer-
cueil ouvert , sans vouloir permettre
qu'on l'enterrât et sans vouloir s'en
séparer un instant , malgré toutes
les prières de ceux qui l'entouroient
et les ordres les plus sévères du Roi,
qui avoit enfin appris la passion ef-
frénée de son fils , et la folie dont
il étoit actuellement possédé !

Pepin se rendit lui-même dans l'appartement où Floribelle, dans la plus riche parure, étoit couchée sur des couvertures magnifiques ; mais il recula d'effroi, en apercevant cette figure, sur laquelle la mort étendoit son pouvoir destructeur; tous ceux qui l'accompagnoient étoient saisis de frémissement, tandis que le Prince seul, n'avoit pas l'air de s'en apercevoir, et contemploit cet objet d'horreur avec la même passion que jadis l'éblouissante Floribelle.

L'archevêque de Cologne, homme pieux et saint, vivant dans la crainte de Dieu et de ses jugemens, ne pouvoit être ébloui par les tromperies du monde et de l'enfer : après s'être approché du cadavre et l'avoir considéré avec attention, il s'écria

9*

d'une voix émue, qu'il croyoit découvrir quelque chose de surnaturel, qu'il espéroit éclaircir avec l'aide du ciel. Il quitta l'appartement et passa toute la nuit suivante devant son prie-dieu, dans la plus grande dévotion et les plus ferventes prières, pour obtenir du maître de toutes choses l'explication de cet inconcevable mystère.

Lorsqu'au matin, il chercha sur sa couche, quelques instans de repos, il eut un songe extraordinaire, mais d'une parfaite clarté. Il se vit transporté dans une sombre et profonde caverne, qui n'étoit éclairée que par la lueur d'un feu ardent sur lequel étoit suspendue une chaudière autour de laquelle une hideuse sorcière alloit et venoit en bourdonnant

des formules magiques. Non loin de
là se trouvoit par terre le corps assas-
siné d'une jeune fille, que sa pâleur,
ses grâces et sa beauté modeste rendoient semblable à un lys brisé ;
des boucles de ses cheveux blonds,
et du sang que la sorcière recueil-
loit de son cœur, elle formoit un
charme terrible dans la chaudière,
dont une fumée épaisse, s'échappant
tout-à-coup, s'éleva, enveloppa
l'horrible furie, le corps de la douce
victime et tout le tableau. Mais bientôt elle se dissipa peu-à-peu, une
femme merveilleusement belle, et
revêtue d'ornemens royaux étoit devant la magicienne et recevoit d'elle
un large bracelet d'or, dont elle
entoura aussitôt son bras gauche,
près du cœur.

Ici le pieux Evêque se réveilla, mais il ne lui en falloit pas davantage; il remercia le ciel avec ferveur de ce qu'il venoit de voir, et se transporta aussitôt auprès du corps de Floribelle; il obtint du Prince, par la sainteté de son caractère, qu'il le laissât quelques instans seul, et cherchant au milieu des ornemens qui paroient le bras de la Princesse, le bracelet mystérieux, il ne tarda pas à le trouver, le détacha précipitamment, et sortit de l'appartement, emportant avec lui ce funeste talisman. A peine Charles étoit-il rentré, qu'il frissonna d'horreur à l'aspect du cadavre, et s'écria vivement en détournant les yeux : O! délivrez-moi de cet effroyable objet, cachez sous la terre cette image de la destruction.

Lorsqu'on se fut empressé de lui obéir, il soupira profondément, et, regardant autour de lui, comme quelqu'un qui s'éveille d'un profond sommeil, sa première pensée fut l'idée d'Engelberta, et de douloureuses plaintes de sa mort furent accompagnées d'un torrent de larmes ; l'expression de son cœur, qui se trouvoit précisément dans le même état qu'à l'époque où il l'avoit perdue, tout ce qui lui étoit arrivé depuis ce moment, paroissoit entièrement oublié. Floribelle, sa violente passion pour elle, les événemens qui avoient eu lieu depuis Pavie jusqu'à Aix-la-Chapelle, tout ne lui sembloit qu'un songe pénible qui l'avoit cruellement tourmenté.

Mais le pieux Evêque apercevant

bientôt qu'une force irrésistible conduisoit sans cesse le jeune Prince sur
ses pas , depuis qu'il portoit sur
lui le bracelet magique , se déter-
mina à anéantir cette œuvre diabo-
bolique , en le jetant dans un étang
voisin de la ville d'Aix. Dès ce moment, ces tranquilles rivages devinrent le lieu favori de Charles , et
lorsque , plongé dans ses mélancoli-
ques rêveries , il fixoit ses paisibles
flots, il lui sembloit quelquefois voir
s'en élever doucement l'image d'Engelberta , entourée des rayons de
la gloire céleste. C'est-là qu'il venoit
oublier les soucis, le poids de son
sceptre , et se délecter au souvenir
de son premier amour , qui, plus
d'une fois, lui inspira une tendre indulgence pour ses enfans , Emma et

Éginhard, en lui rappelant sans cesse l'influence du doux regard d'amour, qui, malgré tout son respect et sa tendresse pour un père révéré, avoit eu cependant le pouvoir de le rendre rebelle à ses ordres.

Voilà quelle a été la véritable cause de la prédilection de Charlemagne pour la vieille et célèbre ville d'Aix. Ce fut le charme secret d'un premier et malheureux amour qui l'y ramena dans tous les temps, et l'y fixa enfin après sa mort, dans un tombeau voisin du rivage chéri, baigné des flots où reposoient les restes magiques de ce qu'il avoit aimé si passionnément.

FIN DU TOME 4.ᵉ ET DERNIER.

TABLE DES NOUVELLES

DES QUATRE VOLUMES.

FIN DE LA TABLE.

A*

www.ingramcontent.com/pod-product-compliance
Lightning Source LLC
Chambersburg PA
CBHW051822020726
47502CB00005B/1582